同游记

TONGYOUJI

曾镜同 著

哈尔滨出版社

图书在版编目（CIP）数据

同游记 / 曾镜同著. — 哈尔滨：哈尔滨出版社，2021.1
　　ISBN 978-7-5484-5820-3

　　Ⅰ.①同… Ⅱ.①曾… Ⅲ.①游记 – 作品集 – 中国 – 当代 Ⅳ.①I267.4

中国版本图书馆CIP数据核字(2021)第014777号

书　　名：同游记
　　　　　TONGYOUJI
作　　者：曾镜同
责任编辑：韩伟锋　杨　磊
责任审校：李　战
封面设计：佟　玉

出版发行：哈尔滨出版社（Harbin Publishing House）
社　　址：哈尔滨市松北区世坤路738号9号楼　邮编：150028
经　　销：全国新华书店
印　　刷：黑龙江艺德印刷有限责任公司
网　　址：www.hrbcbs.com　　www.mifengniao.com
E-mail：hrbcbs@yeah.net
编辑版权热线：（0451）87900271　87900272
销售热线：（0451）87900202　87900203

开　　本：880mm×1230mm　1/32　印张：6.25　字数：87千字
版　　次：2021年1月第1版
印　　次：2021年1月第1次印刷
书　　号：ISBN 978-7-5484-5820-3
定　　价：48.00元

凡购本社图书发现印装错误，请与本社印制部联系调换。
服务热线：（0451）87900278

目录

武当山 …………………………………… 001
黄鹤楼 …………………………………… 004
陈琳故里 ………………………………… 006
翠螺山 …………………………………… 008
嘉峪关 …………………………………… 013
北红村 …………………………………… 016
北极村 …………………………………… 019
泰山 ……………………………………… 022
孔林 ……………………………………… 025
曾子庙 …………………………………… 028
太姥山 …………………………………… 032
武夷山 …………………………………… 036
庐山 ……………………………………… 040
滕王阁 …………………………………… 045
荆州古城墙 ……………………………… 050
芒砀山 …………………………………… 053
南浔古镇 ………………………………… 056
普陀山 …………………………………… 059
鲁迅故里 ………………………………… 062
崂山 ……………………………………… 065
雁荡山 …………………………………… 068
石钟山 …………………………………… 073
碣石山 …………………………………… 077
伊林驿站遗址博物馆 …………………… 081
蓬莱阁 …………………………………… 084

成山角	087
寒山寺	090
虎丘斜塔	093
醉翁亭	097
琅邪山	101
北固亭	105
曾国藩故里	107
岳阳楼	110
武氏墓群石刻博物馆	113
赤壁古战场	116
黄河入海口	120
天柱山	124
褒禅山	128
绵山	132
鹳雀楼	136
火焰山	139
博斯腾湖	142
塔里木河	145
澜沧江	149
望天树景区	152
总佛寺	156
魔鬼城	160
布达拉宫	164
雅鲁藏布江	167
通道会议旧址	171
崖山	175
鸟的天堂	178
七个星佛寺遗址	182
呼伦湖	185
海拉尔河	188
鸭绿江	192

武当山

二月十一日

以为武当山有秘境而借周六往之。

张三丰闻名于世,武当派闻名于江湖。山因人而名,山因派而名,武当山是也!

小时候看过连环画《武当山传奇》,现犹记其中的造反山民秦海山与均州守备王三盛及乌鸦老道等人之名。千年古均州与武当山相得益彰,互显大名,惜其因修建丹江口大坝而被淹没,永沉水底。

徒步上武当,爬山的人不多,其中有几人背着香烛。走走歇歇,路见未化余雪。也许尚是二月,山与树都无活力,虽有余雪添其美,然有萧瑟之感。走了三个多小时,见房见屋,见很多人挤在只能同时容两个人通行的阶梯上，原来他们是要去登武当金顶。通过很陡的阶梯，来到一个很宽阔的平台，密密麻麻的游人集中于此，排队由此入口上金顶。曾看到过金顶的电视画面，仿佛是金做的一般，金灿灿的，煞是壮美，但实际的金顶却并非如此，感觉其就是暗、灰、脏等的结合体。金顶上有庙，游人可烧香许愿，《武当山传奇》中就有慈禧太后派钦差阿努哈上武当山进香的情节。金顶上立有"大岳武当"碑，俯视群山。

百闻不如一见，见面不如闻名，武当山未能匹其大噪之名。

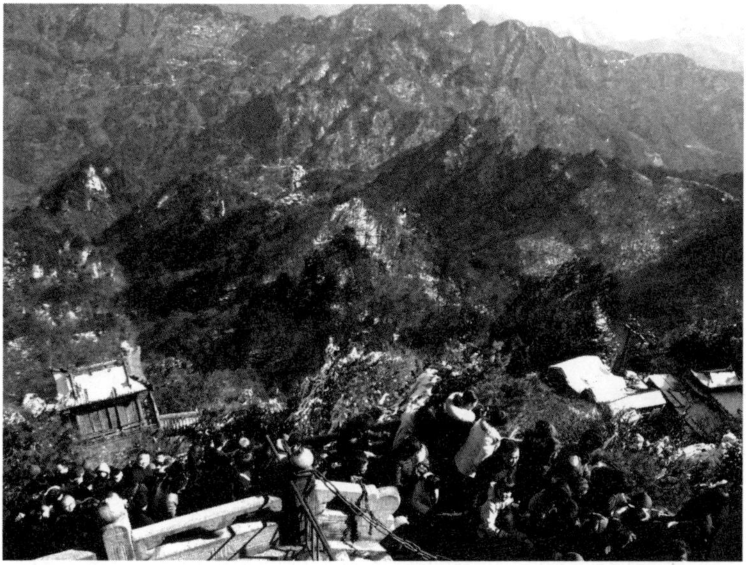

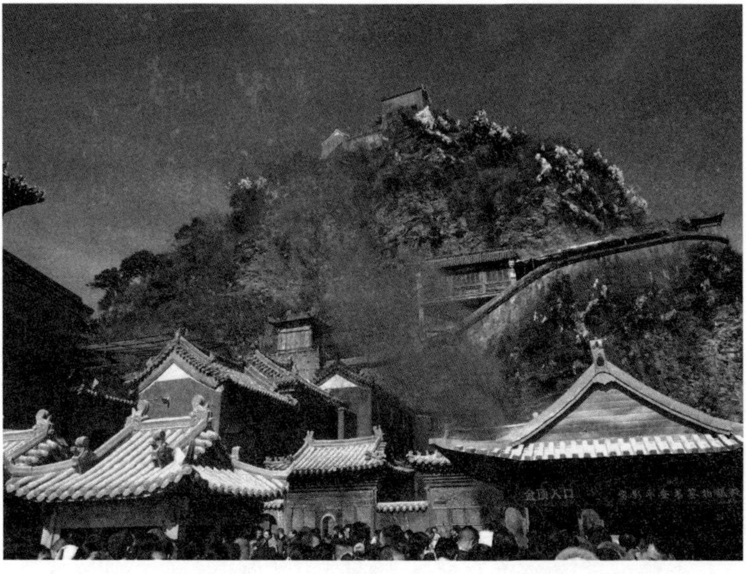

黄鹤楼

二月十七日

唐代的崔颢有诗《黄鹤楼》:"昔人已乘黄鹤去,此地空余黄鹤楼。黄鹤一去不复返,白云千载空悠悠。晴川历历汉阳树,芳草萋萋鹦鹉洲。日暮乡关何处是?烟波江上使人愁。"

黄鹤楼,故址今在湖北武汉市蛇山的黄鹄矶头,1884年最后一次被火焚毁,1985年重建。

唐代的黄鹤楼不知具体为何模样。现今的黄鹤楼,由下往上观之,见雾、见鹤、见楼,加之鹤与楼的古旧陈色,颇有缥缈虚幻之感。但一旦登上黄鹤楼,顿觉其泯然众楼矣。

崔颢之《黄鹤楼》,让人产生无限遐想,且生几分惆怅,可谓扣人心弦。该诗之于该楼,前无古人,后无来者,王维、李白等人之作亦不能及。

王维有诗《送康太守》:"城下沧江水,江边黄鹤楼。朱阑将粉堞,江水映悠悠。铙吹发夏口,使君居上头。郭门隐枫岸,候吏趋芦洲。何异临川郡,还劳康乐侯。"此诗传唱不广。

李白有诗《送孟浩然之广陵》:"故人西辞黄鹤楼,烟花三月下扬州。孤帆远影碧空尽,唯见长江天际流。"此诗独辟蹊径,不写黄鹤楼而借重黄鹤楼，亦可谓千古佳作。

陈琳故里

六月十四日

陈琳为"建安七子"之一,有说其为扬州宝应人,有说其为盐城盐都人。《三国志·臧洪传》写臧洪"广陵射阳人也",又写"绍令洪邑人陈琳书与洪",据此推测,陈琳亦广陵射阳人也,只不知古之广陵射阳为今之何地。今人以陈琳为宝应人,宝应有"建安七子"之塑像。

陈琳作《为袁绍檄豫州文》,骆宾王作《代李敬业传檄天下文》,曾国藩作《讨粤匪檄》。三檄文皆为人传颂,而以我之比较,以我之愚见,《讨粤匪檄》为上品,《为袁绍檄豫州文》为中品,《代李敬业传檄天下文》为下品。何也?《代李敬业传檄天下文》文辞虽美,但立意不高,内容甚空,政治动员效果几无;《为袁绍檄豫州文》内容平实,有理有据,但政治动员面窄,"神仙打架",与我等平民何干?《讨粤匪檄》对洪杨翻箱倒柜,连根拔起,有高度,有深度,既动员士人,又动员普通百姓,让众人皆感觉"粤匪"之事与自身有利害关系。

陈琳作文列曹操罪状,侮骂曹操的祖宗,其被曹操俘虏而获不死,反得重用,曹操度量之大,惜才之心,可见一斑。陈琳获不死,也可能因其助曹操治愈头风病有功,如《三国演义》所述:"檄文传至许都,时曹操方患头风,卧病在床。左右将此檄传进,操见之,毛骨悚然,出了一身冷汗,不觉头风顿愈。"无论如何,曹操能收天下众英雄入彀中,独霸中原,自有其理。

翠螺山

六月二十九日

寻中午间隙，欲往采石矶。司机带至翠螺山，想必采石矶就在翠螺山。

沿小路上山，两旁皆树木。"曲径通幽处"，众蝉齐噪，难遇一人。走到半山，见一老头与一老妇，老头背照相机，看样子是前来游玩的。走到一观景处，有铁索围栏，似绝壁，长江即在脚下。此处可俯瞰长江，长江不甚宽阔。

不知采石矶位于何处，不知翠螺山山顶位于何处。树木繁多，行人罕见，加之时间无多，遂不再寻，抱憾而回。

李白有诗《牛渚矶》："绝壁临巨川，连峰势相向。乱石流洑间，回波自成浪。但惊群木秀，莫测精灵状。更听猿夜啼，忧心醉江上。"

矶者，水边突出之岩石或石滩也。翠螺山原名牛渚山，采石矶亦谓牛渚矶。南宋与金有采石矶之战，金主海陵王兵败，宋将虞允文以少胜多。

虞允文北宋徽宗时生人，南宋高宗、孝宗时为官，出将入相二十年,史称其"战伐之奇,妙算之策,忠烈义勇,为南宋第一",死后谥号"忠肃"。

翠螺山下有虞公亭。未到翠螺山之前,我未曾听闻虞允文此名。我以为,学生时代宜博览全书,工作之后则该多读工作所需之专业书。虞允文们之书,已不容于今的我耗费时间去读。

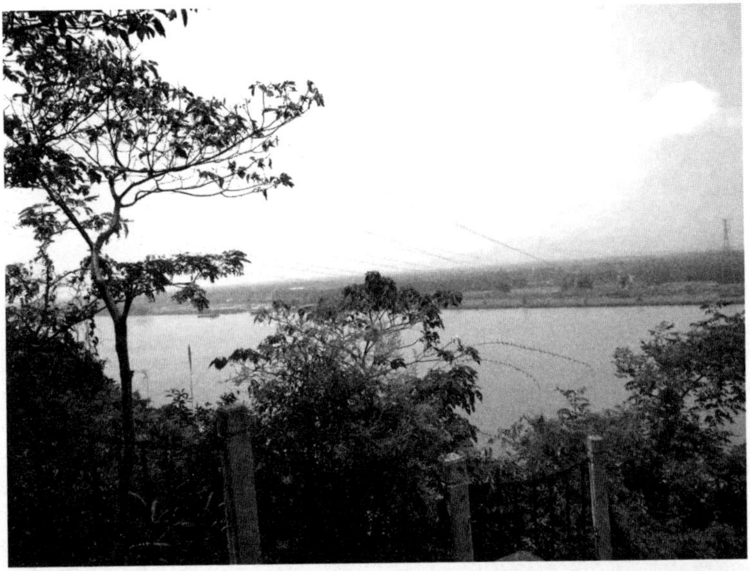

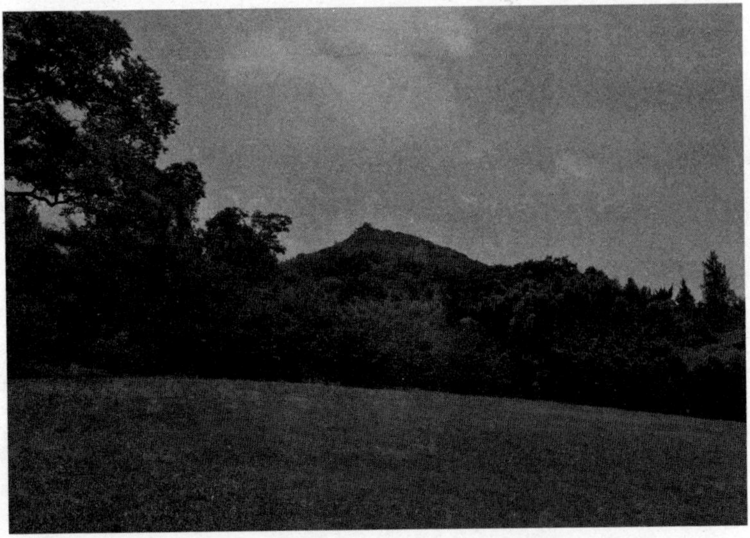

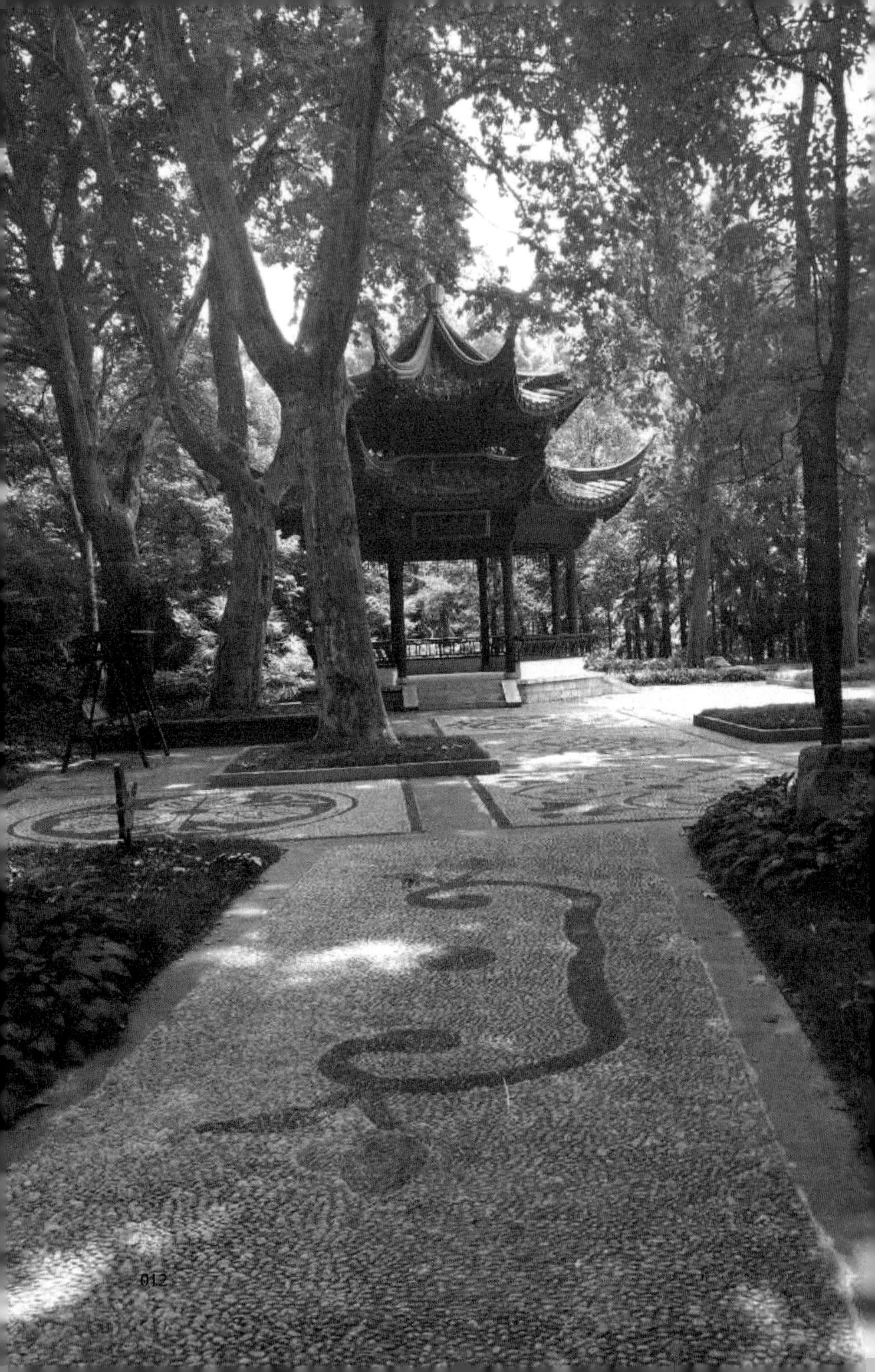

嘉峪关

十月二十日

嘉峪关为市，嘉峪关亦为关。夕阳西下，临近闭关之前前往嘉峪关。城墙、城楼、炮台、游击将军府，嘉峪关于夕阳余晖照耀下，尽显雄豪，亦显孤寂。站立于城楼之上，观望近远荒漠，不自禁地想起一句"将军白发征夫泪"。范仲淹之《渔家傲·秋思》"塞下秋来风景异，衡阳雁去无留意。四面边声连角起，千嶂里，长烟落日孤城闭。浊酒一杯家万里，燕然未勒归无计。羌管悠悠霜满地，人不寐，将军白发征夫泪"该能很好地表达古代戍边将士之思绪。

我国之"关"，可谓多矣，除嘉峪关之外，另有山海关、雁门关、娘子关、潼关，等等。

013

"关"或赖于险而名，或赖于人而名。

嘉峪关号称"天下第一雄关"，我只知其为明长城之西端，而未闻其得名所赖之人，今日一游，亦未觉其险。

山海关号称"天下第一关"，吴梅村诗曰："恸哭六军俱缟素，冲冠一怒为红颜。"吴三桂、陈圆圆与山海关，须臾不可分。

虎牢关为《三国演义》之"关"，张飞、关羽、刘备"三英"战吕布于该关，凡读《三国演义》者，无人不知晓。

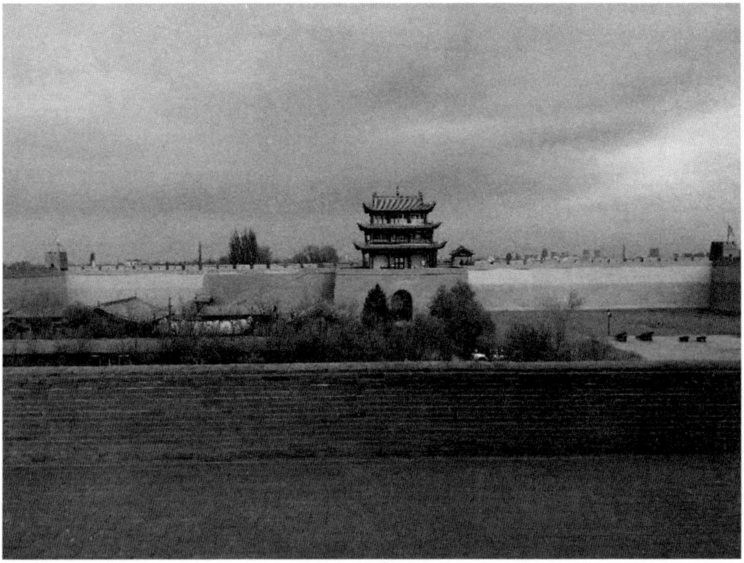

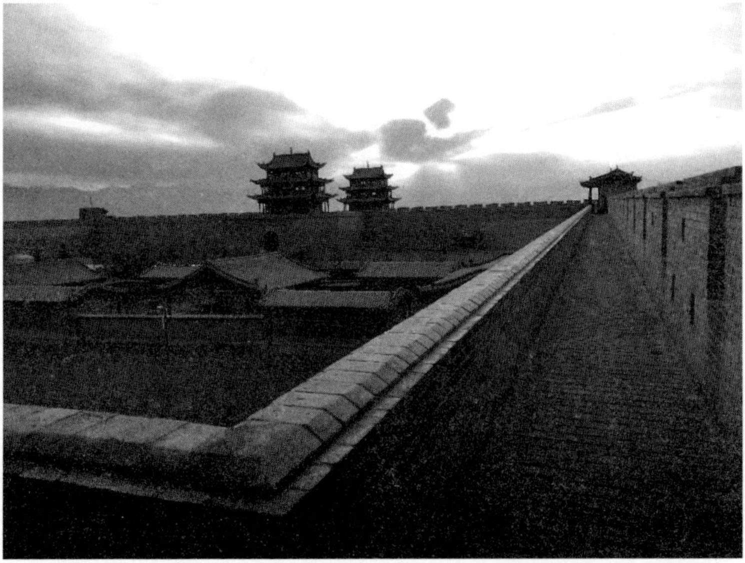

北红村

十二月十五日

一直有个念头：到祖国的最北去，到祖国的最南去，到祖国的最东去，到祖国的最西去。

中午时分抵达漠河机场，因时间匆忙，旋即走马观花。汽车在路上飞驰，走走停停，九曲十八弯、白桦林……傍晚时分，到达龙江第一湾。登上第一湾旁的山顶，可俯视围绕成大半个圆的已结冰的黑龙江。到乌苏里浅滩，到"中国最北点"，天已黑暗。"中国最北点"不知是否为中国地图的鸡冠上的那一点。既到"中国最北点"，南端的曾母暗沙、东端的抚远三角洲、西端的帕米尔高原，似亦可异想……

住宿地北红村据说是个比北极村更北的村。北红村就在黑龙江边，不知黑龙江是否发生过洪涝？该村是否受过灾害？

早已想在北红村洗个冷水澡，留下自己到最北的体验。虽然长年冬泳，长年洗冷水澡，对我而言平时洗个冷水澡并不是什么大不了的事，但我觉得如果自己能在极冷的北红村洗个冷水澡，将很有意义。23 点多，顶住怕冷的思想，冲了个北红村的凉。想想：假如还继续在这个号称中国最北的北红村住宿，我还会坚持洗冷水澡。看天气预报，漠河市今天气温为 –21 摄氏度 ~ –36 摄氏度。该温度只是室外温度，不是室内温度，更不是水温，所以，洗冷水澡可别被天气吓倒。"没有调查，就没有发言权"，"凡事不能想当然"，"试一试，才懂"，洗个冷水澡如此，做别的事情也应如此。跟风，或人云亦云，不行。

北极村

十二月十六日

昨天傍晚登山俯视龙江第一湾，冻僵、冻肿了我右手的小手指。

今天早晨在北红村沿黑龙江踏雪半小时，冻僵、冻肿了我右边半只耳、左边整只耳。回到住宿的房屋后，我让房主搞点热水来搓耳朵。有两位男子听后立即对我说不行，说如果用热水搓耳朵以后耳朵就坏了，让我从地上抓一把雪搓耳朵。我赶紧抓起一把雪搓耳朵，耳朵已经麻木，我的耳朵已不再是我的耳朵，我怀疑自己以后可能要变成"独耳龙"了。

离开北红村之后，赶到北极村。

北极村其实不是村，而是一个镇，该叫北极镇。北极村有

街道，有邮政所，有北极广场，有"神州北极"四字之碑，还有哨所与哨兵。北极村与北红村一样，都沿靠黑龙江，江对岸就是俄罗斯。北极村人工修饰明显，相比较而言，据说以前是伐木工人的村落的北红村比较原始。北红村与北极村各有千秋，如果时间充足，我觉得可以在这两个地方各待上一天至两天，每日踏江散步，近观远眺，但得一防手冻，二防耳冻，三防脚趾冻，四防鼻脸冻。

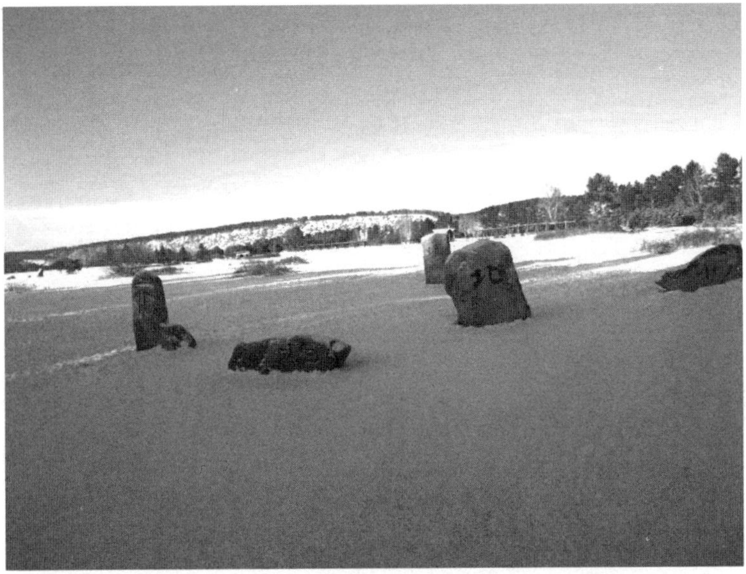

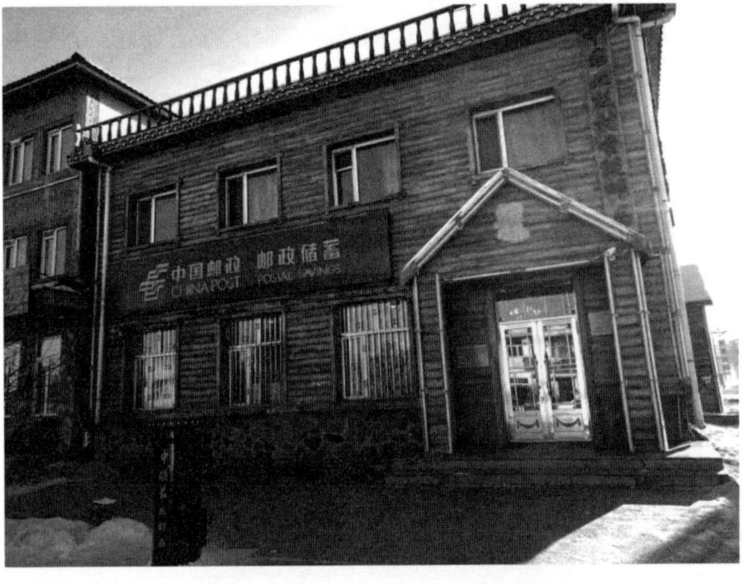
中国邮政 邮政储蓄
CHINA POST

泰山

一月二十日

杜甫有诗云:"岱宗夫如何?齐鲁青未了。造化钟神秀,阴阳割昏晓。荡胸生层云,决眦入归鸟。会当凌绝顶,一览众山小。"

有云:"孔子登东山而小鲁,登泰山而小天下。"

清晨,天尚黑,打开手机的手电筒照路,开始登泰山。天微亮时,见有几个人下山。路过东岳庙,走过升仙坊,登上南天门。一路上来,花了六七小时,走走歇歇,即便是平时经常锻炼的我,亦几乎有走不动的感觉。南天门上有一平台,平台旁边有不少房屋。登上南天门,行程即告一大段落。如需继续领略泰山,还得前往西神门、中天门,等等,但行程已极轻松。泰山上有孔子庙、孔子小天下处、五岳独尊、登峰造极、壁立万仞、古登封台、泰山极顶,等等。泰山之上,为文物之世界。

山，登其顶而极目远眺，可使人心幽远、胸开阔、神能怡、情澎湃，但我登泰山毫无此感。我登泰山，不觉众山小，亦不觉小天下。登泰山之巅，无泰山为鹤而众山为鸡之感。

登山不只考量人之体力，亦考量人之毅力及耐性；无毅力则难达其顶，无耐性则急躁难安；能坚持而终于登顶，只因心中时时有顶。此为我登泰山之感受。

人无志不立，无目标则懈怠。我常游泳，每至邕江，如定下江中心之目的地，则常有活力，但如无目的地，则浮于水上，不知所为。我常读书，亦感如无任务，则漫无目的，渐近瞌睡。

同游记 tongyouji

孔林

一月二十日

统一售票处的售票员问我是不是孔庙、孔府、孔林全部游览,我说去看孔林就行了。想起泰山顶上玉皇庙的金碧辉煌,此番到曲阜,我对孔庙、孔府没了多少兴趣,因为我想象孔庙、孔府可能又是一派金碧辉煌,而我比较抵触金碧辉煌,我更愿意看原始古旧的东西。

从万古长春门往里走,经圣林门,到孔子两父子的大坟。孔子两父子的大坟并列一起,孔子坟在左,其子坟在右,简朴之至。儒家只是春秋战国时百家中的一家,孔子也只是诸子中的一子,孔子非帝非皇,其思想受到尊崇应为西汉初特别是汉武帝时的事,故其冢茔简朴,似能理解。据说这是衣冠冢,甚

至是无衣无冠之冢。孔林除有孔子两父子的大坟，还有其子孙的坟墓集中地。孔林很大，树木很多。

孔子的祖父叫伯夏，孔子的父亲叫叔梁纥，孔子的母亲叫颜徵在，孔子三岁时他父亲就去世了。

孔子的妻子叫亓官氏，孔子的儿子叫孔鲤，孔鲤先于孔子而去世。

孔子的孙子叫孔伋，孔伋字子思，也是一位大儒。

孔子有一位子孙叫孔鲋，曾参加秦末农民起义军，任陈胜的博士。

孔子的大坟前刻着"大成至圣文宣王"的封号，其子孔鲤的大坟前刻着"泗水侯"的封号。孔子家族可谓中国历史上前所未有的显赫家族，无论何朝何代，无论王朝如何更替，他们总是颇受尊崇。

本对尼山有兴趣，可听一位在孔林附近居住的老者说尼山离孔林有十数千米，那里也是个景区，但只有一个洞，为孔子出生的地方，遂不去。

曾子庙

一月二十一日

　　到嘉祥县满硐镇曾子庙，原因有三：一、由曲阜经此，可达我的目的地；二、以前读"曾国藩三部曲"的《黑雨》之曾国藩《叩谒嘉祥宗圣祖庙》一章，我想知其概貌；三、《史记》之《仲尼弟子列传》一章载"曾参，南武城人……"，我想看该古地名位于何处并欲登南武山。

　　曾子庙，又名宗圣庙、曾庙，为曾参之庙。进入曾子庙，里有涌泉井、万历御碑亭、乾隆御碑亭、曾点神位、曾参神位、郕国一品夫人公羊氏神位。曾子庙为国家三Ａ级旅游景区，面积大，几无游人。树多，清静，若非隔壁即村庄，在此处游览有古代书生进京赶考错过村店而住进荒野古庙，或孤客适逢下雨而躲进荒野古庙避雨之感觉。

　　曾点的妻子是上官氏，其儿子为曾参。

曾参的妻子是公羊氏，宋度宗封曾参为郕国公，故公羊氏为郕国一品夫人，其儿子为曾元、曾申、曾华。

曾点与曾参父子共同受业于孔子，孔子死前将其孙即孔鲤的儿子孔伋托付给曾参。

《史记》之《仲尼弟子列传》篇章载：曾蒧（即曾点）字晳。侍孔子，孔子曰："言尔志。"蒧曰："春服既成，冠者五六人，童子六七人，浴乎沂，风乎舞雩，咏而归。"孔子喟尔叹曰："吾与蒧也！"

《史记》之《仲尼弟子列传》篇章载：曾参，南武城人，字子舆。少孔子四十六岁。孔子以为能通孝道，故授之业。作《孝经》。死于鲁。

曾子庙后为南武山。南武山为低矮之山，登该山，浮想春秋时代古人之生活，想象曾子临山而居之景象。

千载已过，昔人俱去，南武山依旧。

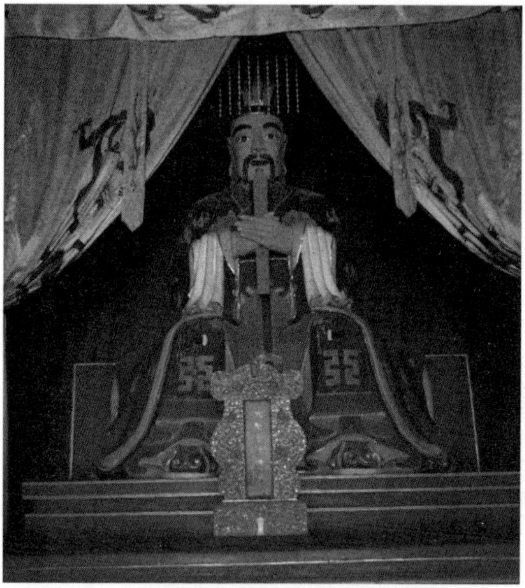

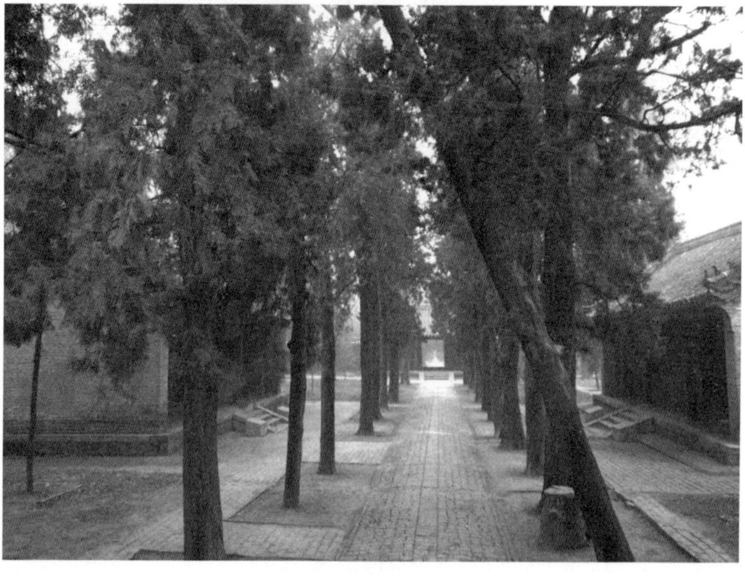

031

太姥山

二月三日

　　沿阶梯上行，穿石缝，走狭道，游览太姥山，其实，并不知道哪座山是太姥山，也许一群山统称太姥山。太姥山多石头，然而其却并非石山，因为太姥山有很多树，石头长于树中，树长于石头上。太姥山的石头很秀丽，虽无奇形怪状，但也多姿多彩。看那一根根竖起的石头聚集而成的石林，看那石头之上矗立着的小石头，看那石头上长着的树木，很想攀爬去看个究竟。特别是看那一根根竖起的石头聚集而成的石林，上面到底是什么样子呢？有蛇吗？有鸟窝吗？有猫头鹰吗？很羡慕飞鸟，随处可去。

　　太姥山石缝多，得经常穿越其间。

　　除了石缝，太姥山还有栈道。走上环山栈道，绕山而行，

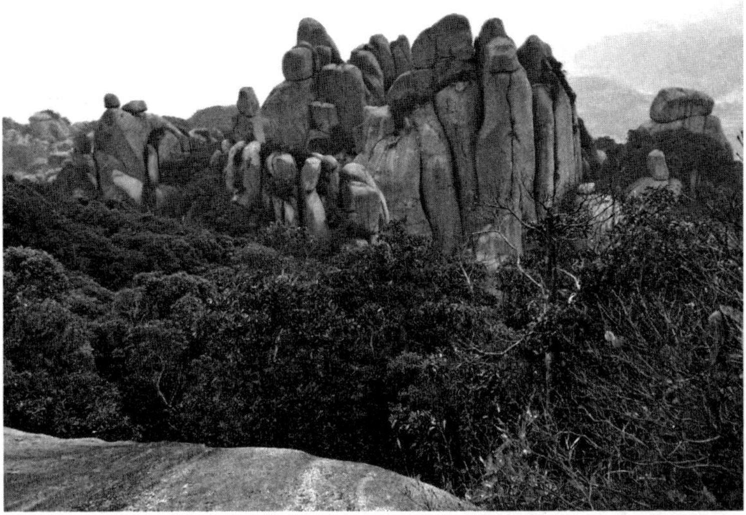

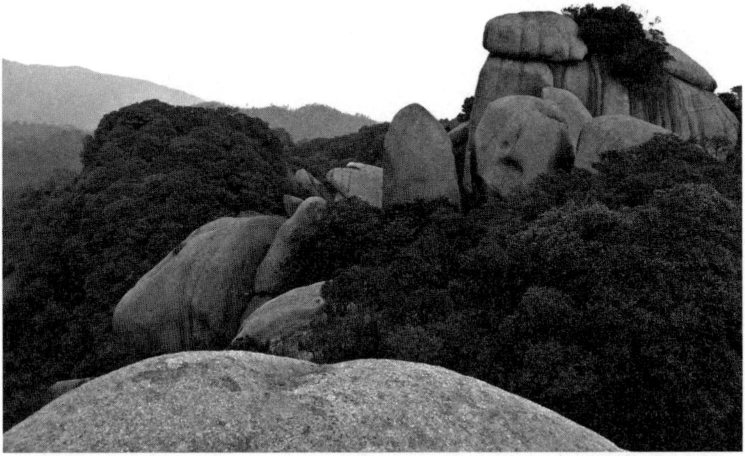

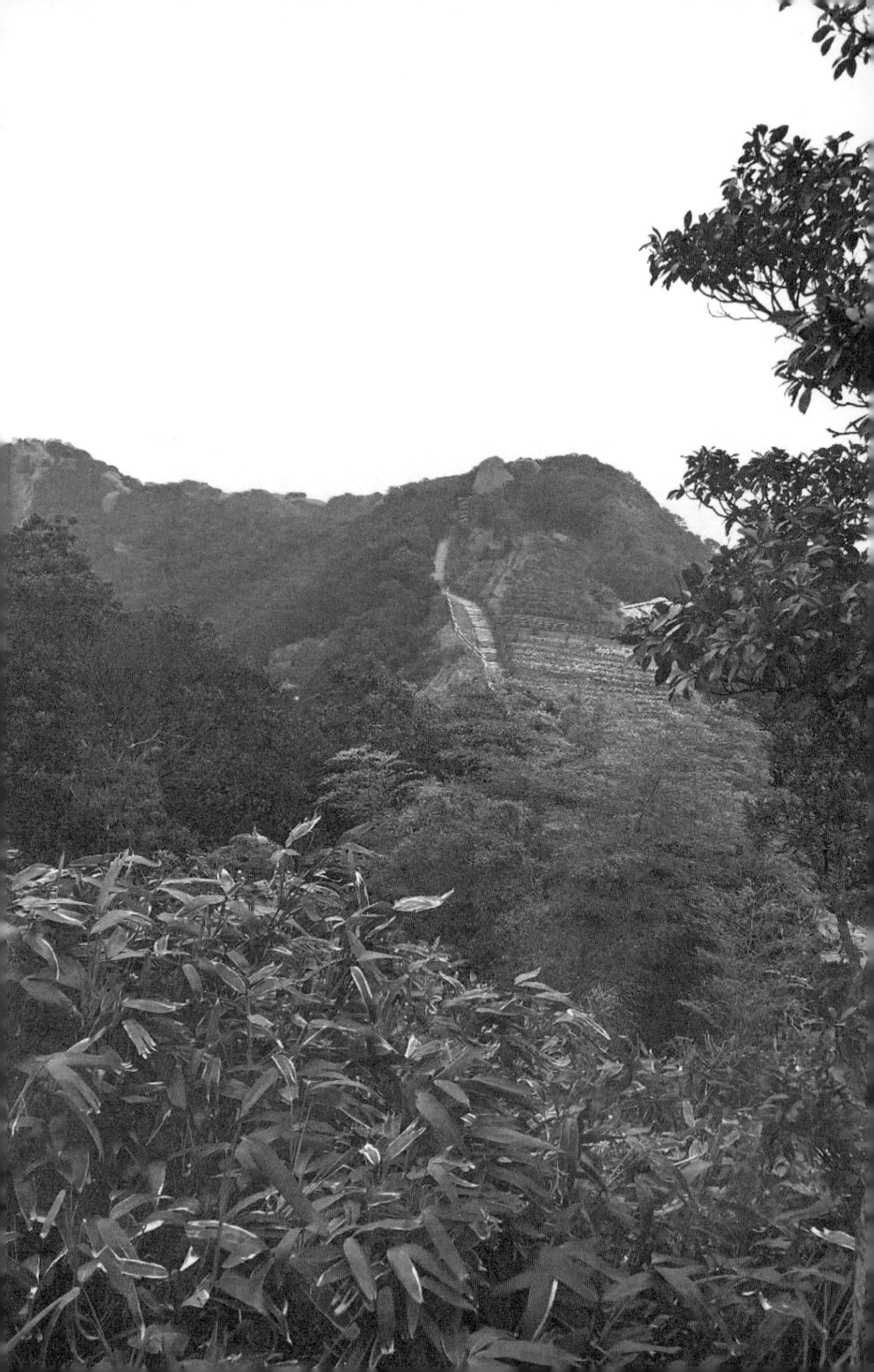

可就近领略石头的风貌。只是山谷深深，未免恐高。

除了石缝与栈道，太姥山上还有寺庙。白云古刹很是静谧，只见一两个似和尚的人在走动，还有几只小鸟飞扑鸣叫。想起刘禹锡"山不在高，有仙则名。水不在深，有龙则灵"的句子。

太姥山还有潺潺流水。

太姥山号称"海上仙都"。据说此山"挺立于东海之滨，三面临海，一面背山"，走上观海栈道欲观大海，然而茫茫大海无处寻。

我的原则是登山必登峰。太姥山的覆顶峰不高，只为山顶上的一小块平地，极为平庸，不值一提，但从环山栈道处上行，穿越满是丛林的阶梯直至覆顶峰之过程，随意瞭望，亦是享受。

武夷山

二月四日

武夷山不知是哪座山,也许,武夷山是武夷群山。

到南宋大儒朱熹的武夷精舍参观,据说朱熹在此培养了不少学生,书写了不少著作。

欲上天游峰。从前山沿阶梯往上攀爬,看山底,望峭壁,自感阶梯不稳，山体不固，高处不胜寒，遂半山而下。流连山下期间，听一女子说可从后山登上天游峰，称其家昔日住后山，当年上学时，都是从后山往返。于是，我由后山登上天游峰且由后山返回。天游峰上为一小平台，其并非武夷山的最高点，看似花妖狐鬼流连的近邻中正公园里的中正亭比它更高，但游人或不知之，或漠视之，几乎无人前往，唯见一自称本地人的老翁携四五名孩童逗留半会。于中正亭旁俯视，对面与侧面的峭壁、流水更见清晰。

好汉坡为著名之去处。我知难而上，半山观光，但自感太险，莫可名状，遂半山而退。

据称虎啸岩亦为险要景点，我有自知之明，想想而已，不再前往。

玉女峰下，九曲溪边，很是秀美。问一似当地人的照相者：玉女峰上得否？该人答：上不得。该人称有一南平市建阳区的体育教师借助专业攀爬工具到过峰顶，还插上红旗，后被责令取下，但武警亦无可奈何，最后还是该体育教师攀爬上去摘下。不知真假如何。故事，总是虚无缥缈的好。看玉女峰，浮想起唐传奇之《补江总白猿传》。

武夷群山，多如石柱，形如绝壁，难以攀爬。山不高，但别具一格，与水相接，风景独好。

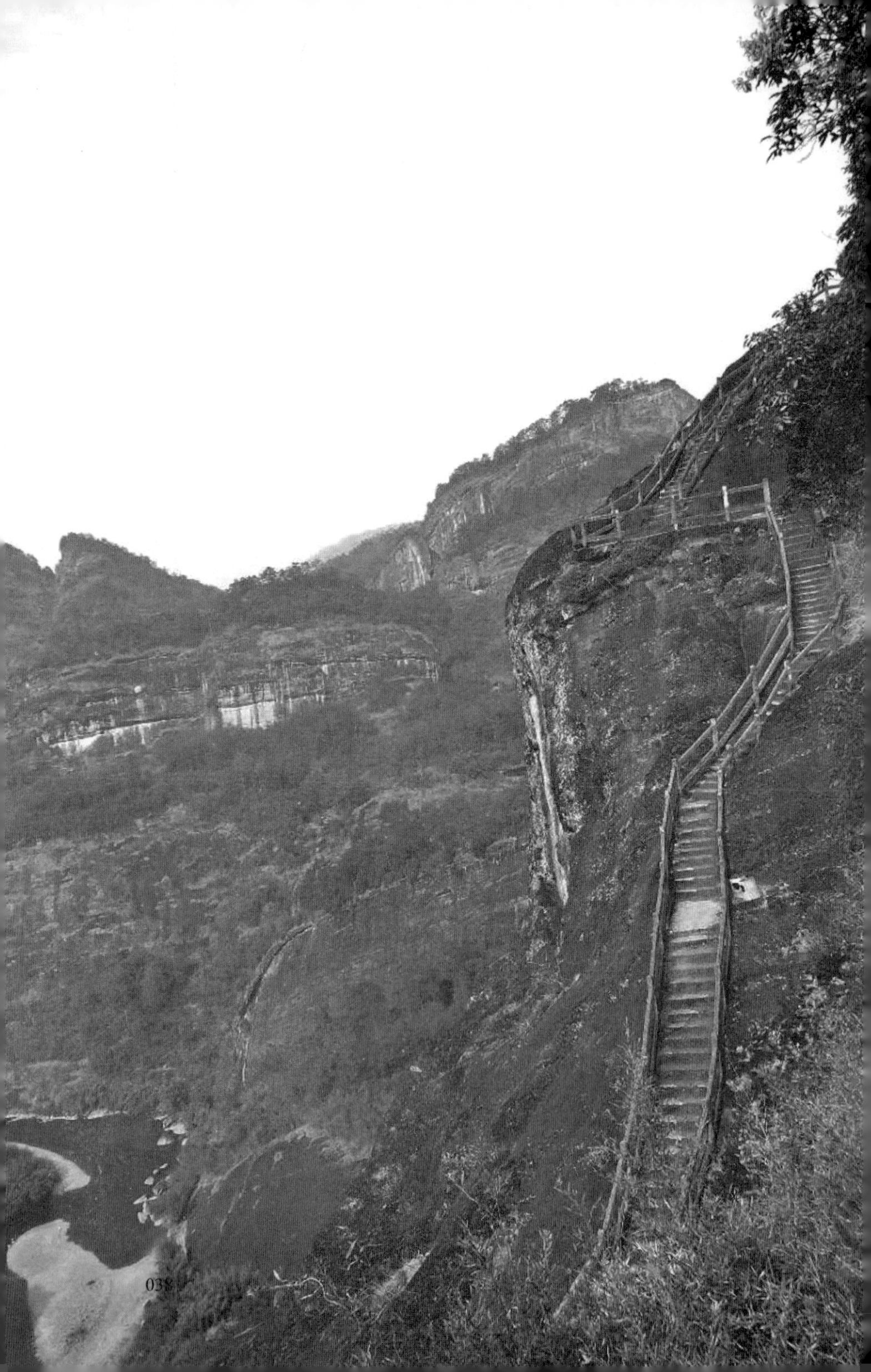

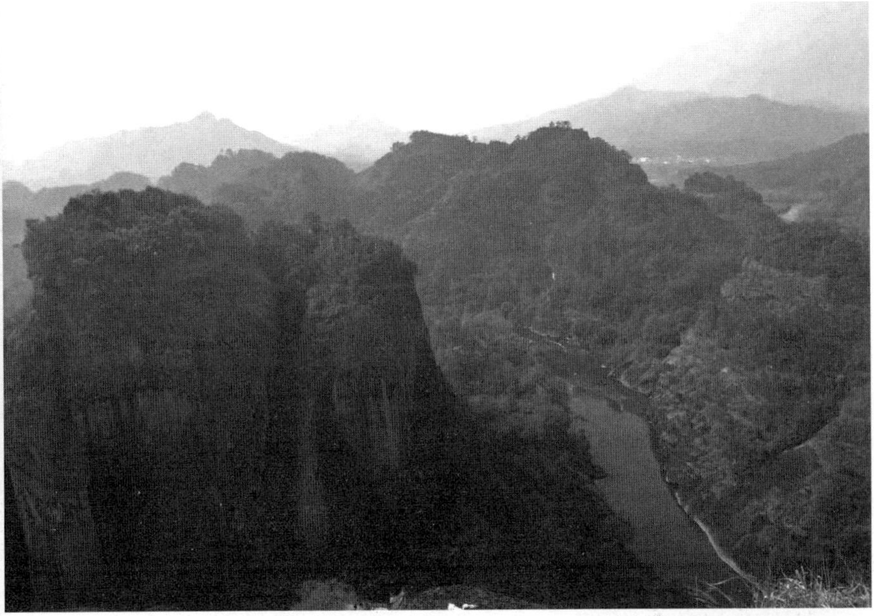

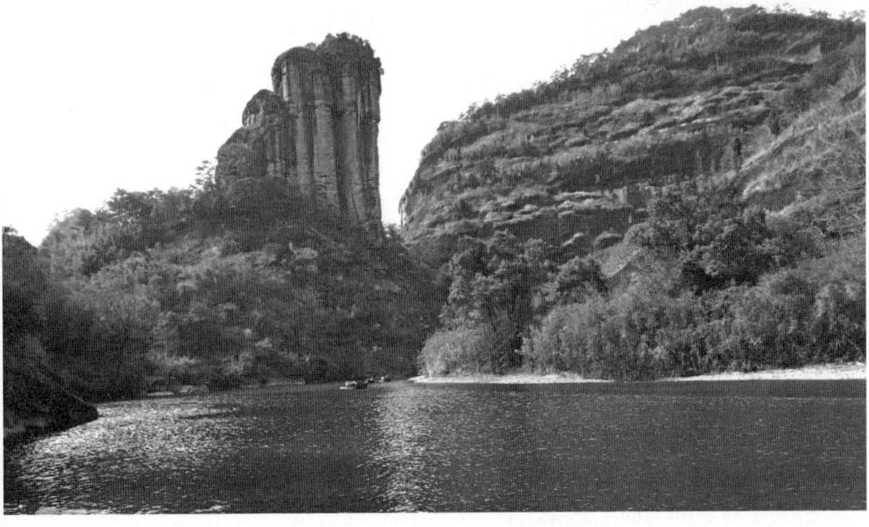

庐山

三月八日

"日照香炉生紫烟,遥看瀑布挂前川。飞流直下三千尺,疑是银河落九天。"幼时,我老爹教背唐诗,印象深刻的有几首,李白的《望庐山瀑布》是其中的一首。当时,对"香炉"的直接联想就是家里过年敬拜祖宗牌位的香炉;对"瀑布"的直接联想就是从很高的山上泻下来的大水。

早上,天阴沉沉,伴着时有时无的微雨,心中叨念着《望庐山瀑布》坐车上庐山。

在如琴湖旁边排队,往右转,走到一不知何名之处。该处为绝壁,站立于其上,对面烟雨朦胧。雾,时现时隐,现时茫茫一片,什么都看不见;隐时风景顿显,万仞绝壁,树挂晶莹,靓丽万分,令人陶醉。雾,多现少隐,一隐片刻随即又现,欲捕捉风景,须得时时留心。

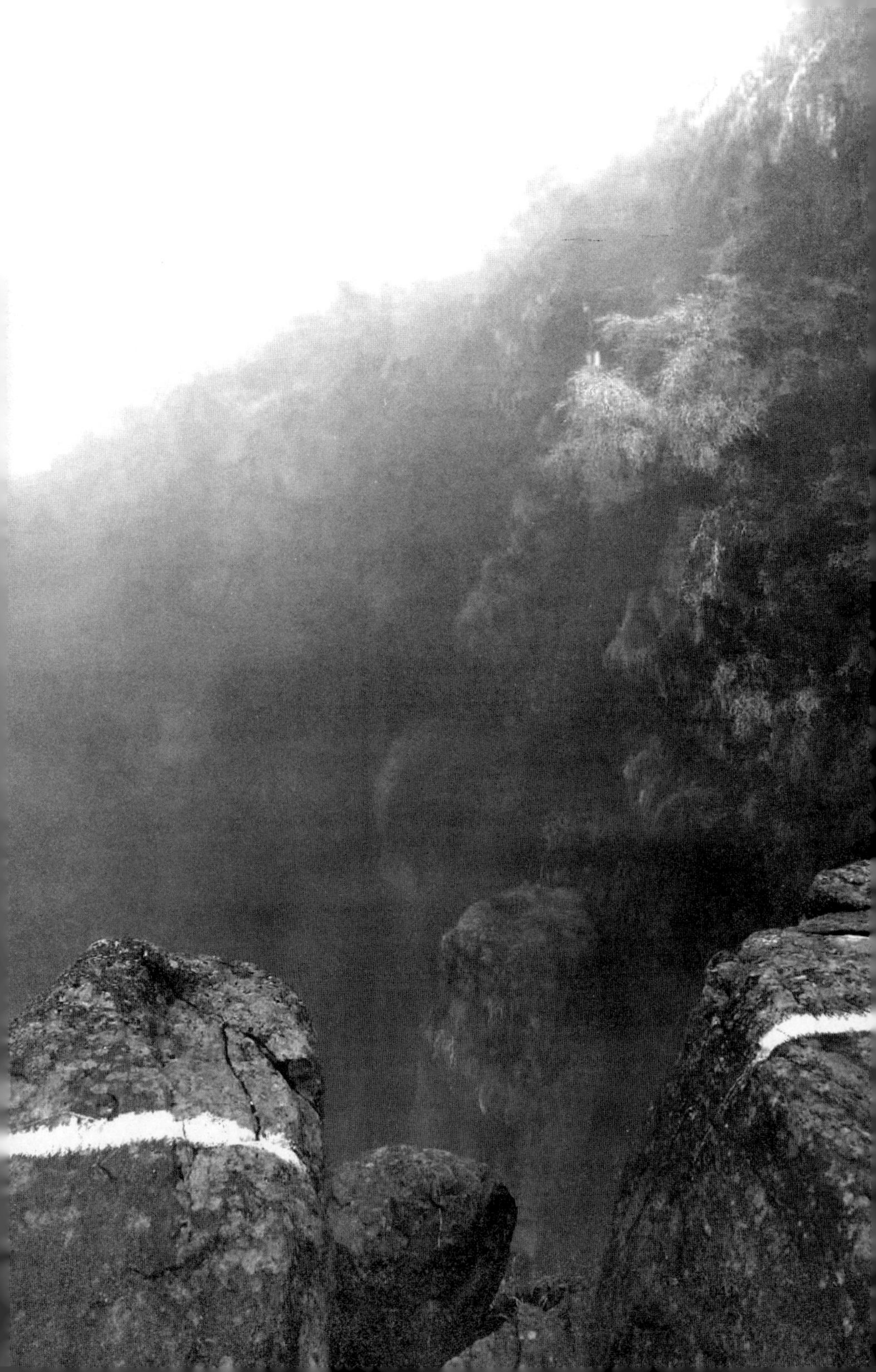

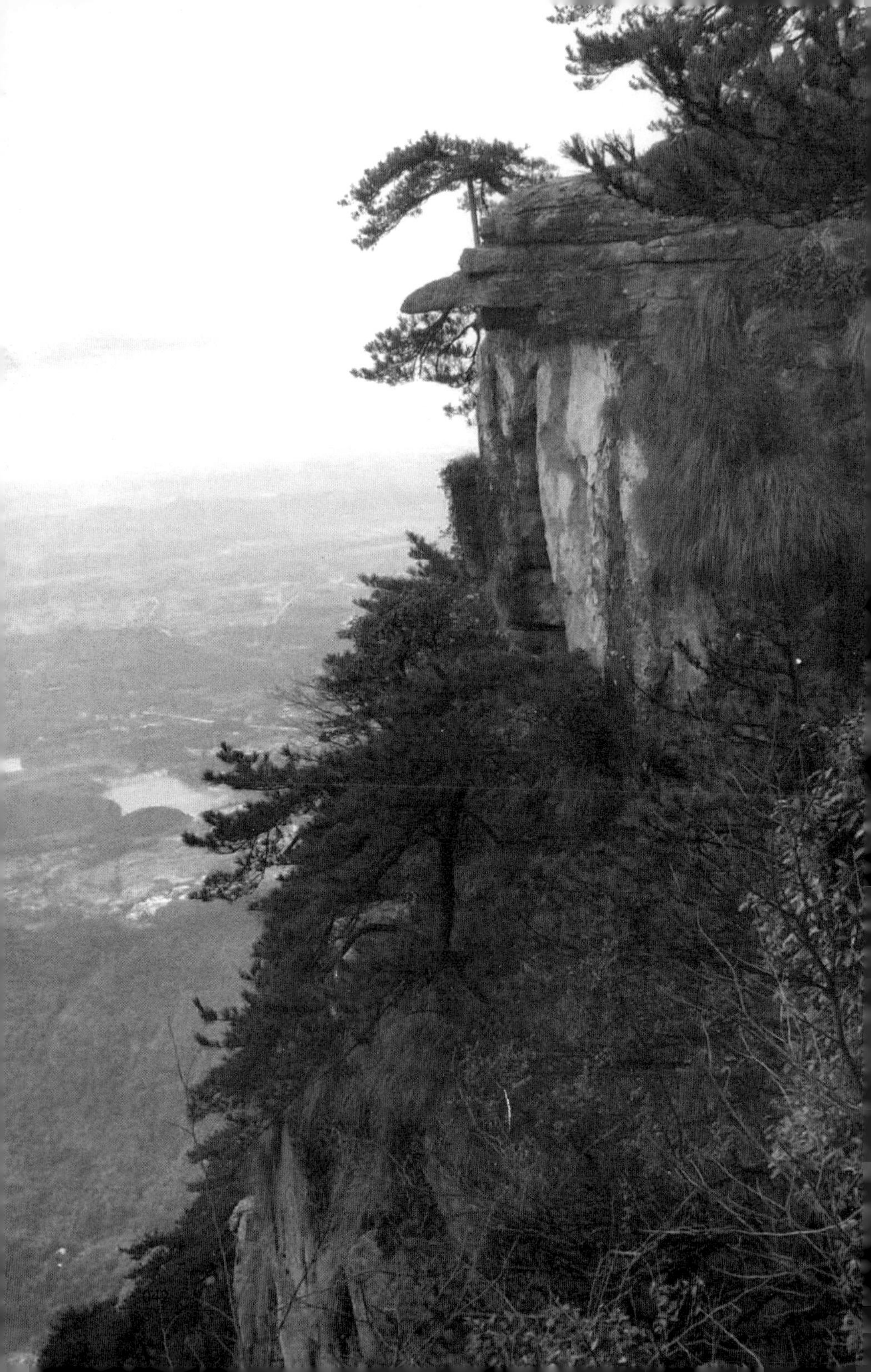

由绝壁处左拐，下坡上山，上山下坡，时不时见一大片白茫茫的雾，随意来往，敷盖于丛林之上，浸淫于丛林之中，雾与树及石头相互影衬，别具姿采。

仙人洞无他，极平凡。

石门涧，山险树多，水声不断。山高水泻，几尺瀑布，那就是《望庐山瀑布》中写的瀑布？不得而知。泻水虽短小，但有声有色，感觉尚可。

走了大半天，感觉没有导游的自己尚有许多地方没去，许多景点名称自己亦不懂，甚至连美庐别墅与庐山会议旧址都没到。下山后，我的脑子仍是一片混沌，感觉"不识庐山真面目"。

同游记 *tongyouji*

滕王阁

三月九日

亭台楼阁，借文以名；若无名文，楼阁无名。

昔日所登黄鹤楼，因崔颢"昔人已乘黄鹤去，此地空余黄鹤楼……"之《黄鹤楼》而名。

今日所登滕王阁，因王勃"……落霞与孤鹜齐飞，秋水共长天一色……"之《滕王阁序》而名。

岳阳楼，有赖于范仲淹"……先天下之忧而忧，后天下之乐而乐……"之《岳阳楼记》而名。

鹳雀楼,有赖于王之涣"白日依山尽,黄河入海流。欲穷千里目,更上一层楼"之《登鹳雀楼》而名。

滕王阁倚靠于赣江。登上滕王阁,赣江尽收眼底。太阳照赣江,滕王阁西晒,更显其古旧历史。

说起滕王阁,就不得不说王勃。王勃为"初唐四杰"之一,其人早慧,博学多才,可谓神童。史载:"勃属文,初不精思,先磨墨数升,则酣饮,引被覆面卧,及寤,援笔成篇,不易一字,时人谓勃为腹稿。"676年,王勃在探望担任交趾县令的父亲之返途中,由于风高浪大,不幸溺海,惊悸而死,时年27岁。

大人多巴不得自家小孩聪明。依我看来,聪明为好事,但智力寻常亦不须忧。甘罗聪明而早逝,王勃聪明而早亡,称象之曹冲亦早死。智力寻常者,只要行走在正确方向上,勤勉努力,时常总结,日积月累,长年坚持,亦可有所成。概言之,方向对,坚持住,龟兔赛跑,龟亦能赢。

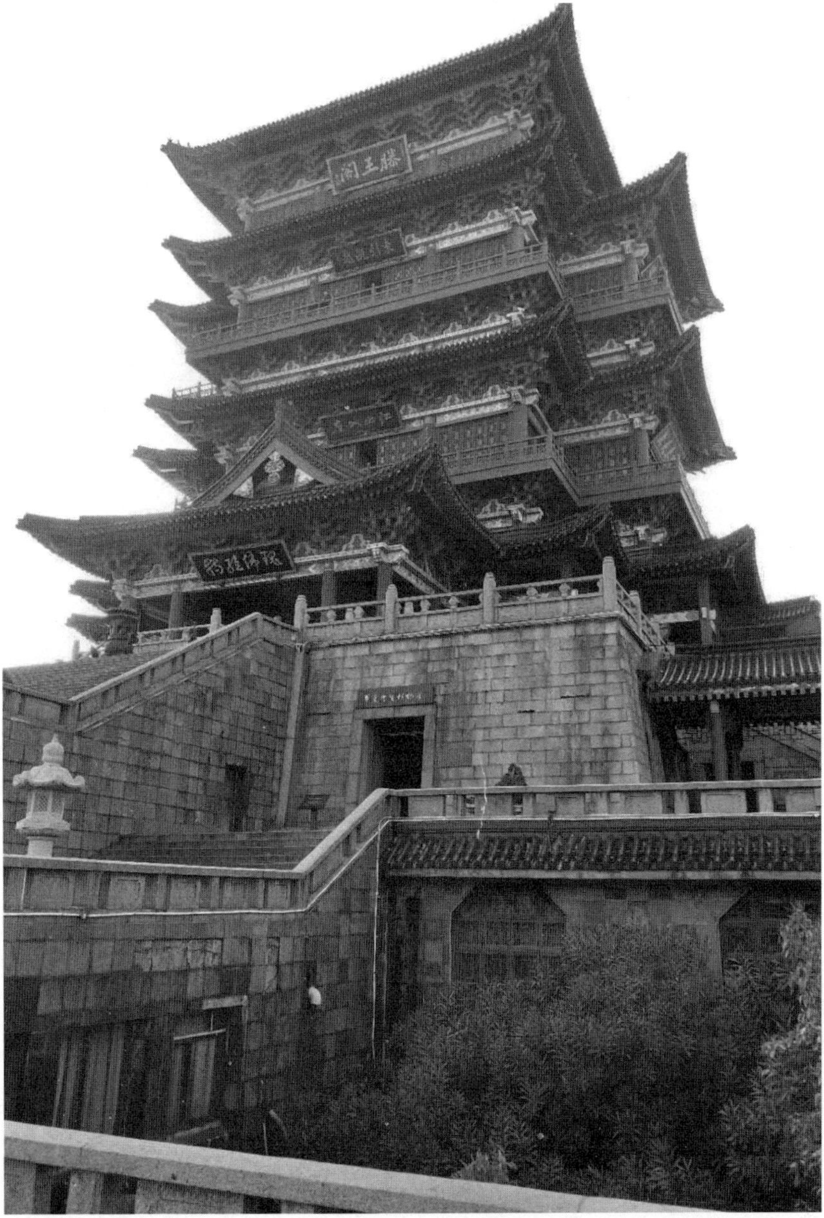
滕王阁

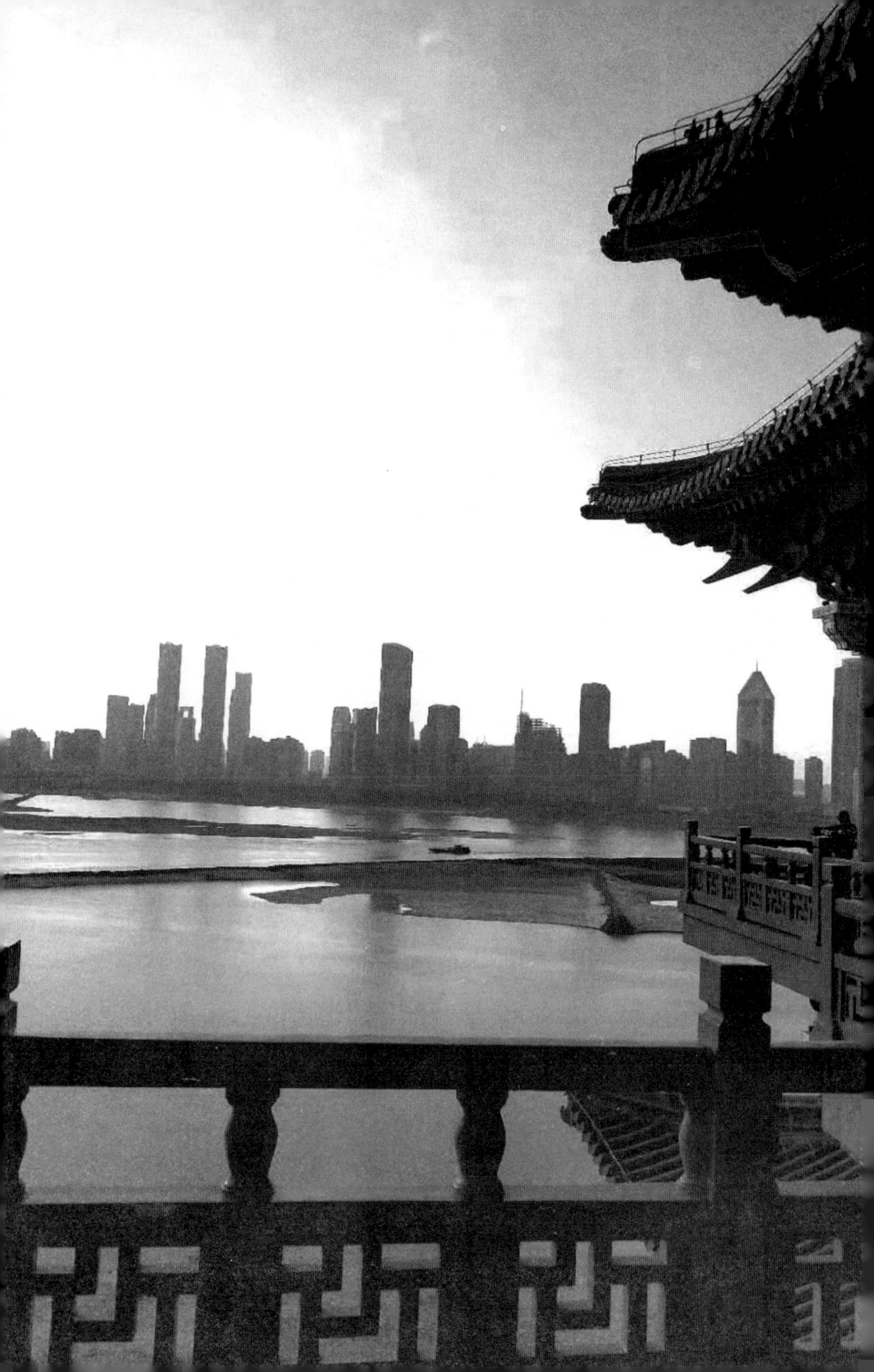

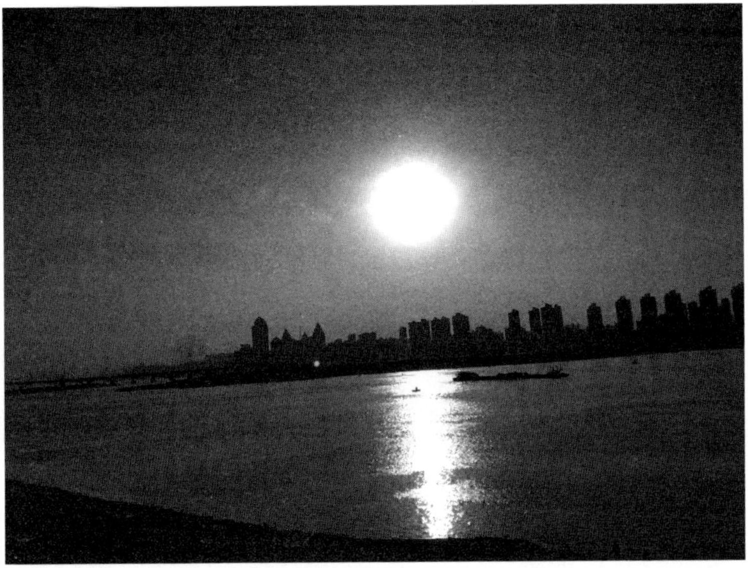

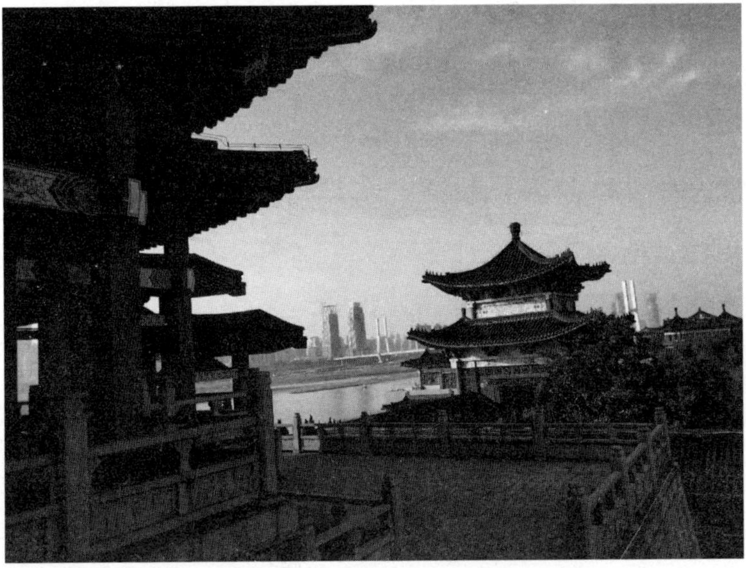

荆州古城墙

三月三十日

诸葛亮《隆中对》:"……荆州北据汉、沔,利尽南海,东连吴会,西通巴、蜀,此用武之国……"

古荆州包括今荆州,荆州刺史刘表之治所在襄阳。

荆州有古城墙,不知其建于何朝何代。立于古城墙下,颇觉其厚重。登上古城墙,想象古人略地攻城之景象。《荆州古城保护条例》规定之古城保护对象包括古城墙。

荆州有明相张居正之故居,该故居内有文星殿、太岳堂、太师居,等等。

关羽为武将,据称其"读春秋,知大义"。吕蒙称关羽为"熊虎"。

吕蒙年少入行伍,军中多务而不读书,孙权劝其读书以自开益。吕蒙就学,笃志不倦。士别三日,鲁肃即对吕蒙刮目相看,谓其学识英博,非复吴下阿蒙。孙权称吕蒙为"鹗"。

张居正进士及第，为内阁首辅，中国十六世纪的改革家。李贽称张居正为"宰相文杰"。

关羽骁勇，吕蒙不以勇闻，但感觉其比关羽稳当，智谋更胜关羽一筹。关羽是响当当的名将，但似乎不宜担当统帅。吕蒙不是响当当的名将，但似乎比关羽更适宜担当统帅。吕蒙既为名将，亦为智者，《三国志》所记吕蒙传，极有嚼头。我以为，智者，不唯自身功名成就，亦能保全身家性命，还能惠泽子孙。张居正是响当当的宰相，但死后被抄家，子孙或死或被流放，惨矣！

同游记 *tongyouji*

芒砀山

四月二十二日

"汉朝自高祖斩白蛇而起义,一统天下。"读《三国演义》,此句烂熟。以往即知刘邦斩白蛇之后躲藏于芒砀山,未到芒砀山之前,就料定该山必有个现代人发明的斩蛇处,果真如此。刘邦这个赤帝子斩了挡道的白帝子,不知道那个白帝子是谁。

除了汉高祖斩蛇处,芒砀山还有夫子书院、梁孝王陵、梁共王陵、陈胜墓,等等。不知道陈胜墓是否为人造,疑不是。《史记》载:"陈胜葬砀,谥曰隐王""高祖时为陈涉置守冢三十家砀,至今血食"。如陈胜墓无,如陈胜不葬砀,汉高祖时何以为其置守冢三十家砀?陈胜与汉高祖可是同时代的人。陈胜有首义之功,但终究算是失败者,其死于纷乱之际,即使不是草席裹尸,也不会是体面下葬，陪葬品应该很少，"摸金校尉"们不会去打他的主意吧！"狐鸣陈涉孤坟坏"，此为北宋时陈纲所形容陈胜墓之景象。

刘邦之成功，首先在于用人，在于有紧密团结在他身边的萧何、张良、陈平、韩信、樊哙等人。

陈胜之败，在于不会用人，或无人可用，没有紧密团结在自己身边的人。

乱世的领袖，没有人才可用，功业难成。治世的领导，没有人才可用，则很难有所成就。

刘邦豁达，其对待死亡之事该得大赞。《史记》载：高祖

击布时，为流矢所中，行道病。病甚，吕后迎良医。医入见，高祖问医。医曰："病可治。"于是高祖嫚骂之曰："吾以布衣持三尺剑取天下，此非天命乎？命乃在天，虽扁鹊何益！"遂不使治病，赐金五十斤罢之。

南浔古镇

七月五日

南浔古镇属于湖州，从湖州市中心到该古镇有一定的距离。

进入南浔古镇，沿着水流往前走，水流两边为树木与旧房屋。水流上间或有小桥通往其两边。水流上偶见小篷船。水流、小篷船、小桥、旧房屋与树木，倒是很和谐。天下小雨，相互映衬。

南浔古镇有慈航殿、黄大仙殿、刘氏家庙、小莲庄、嘉业堂藏书楼，等等。

我比较感兴趣的是嘉业堂藏书楼。

嘉业堂藏书楼陈设了一些书籍，但没见到很多册书。据说在古代与近代，有些财富过人的江南人家，会保藏很多图书。

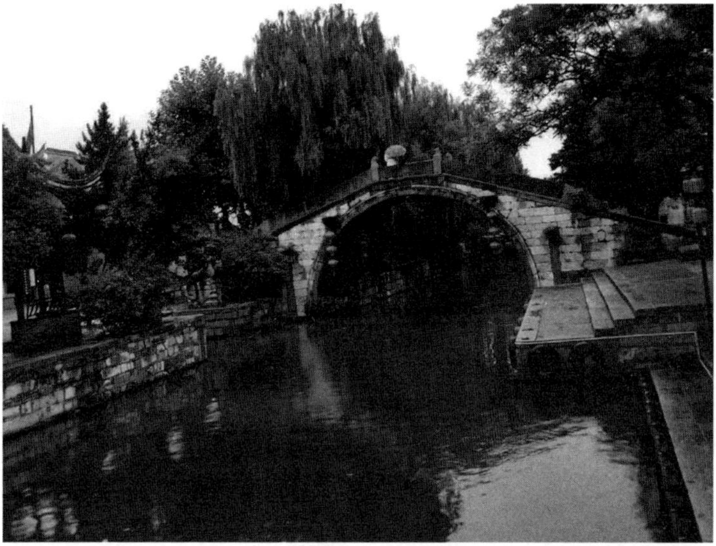

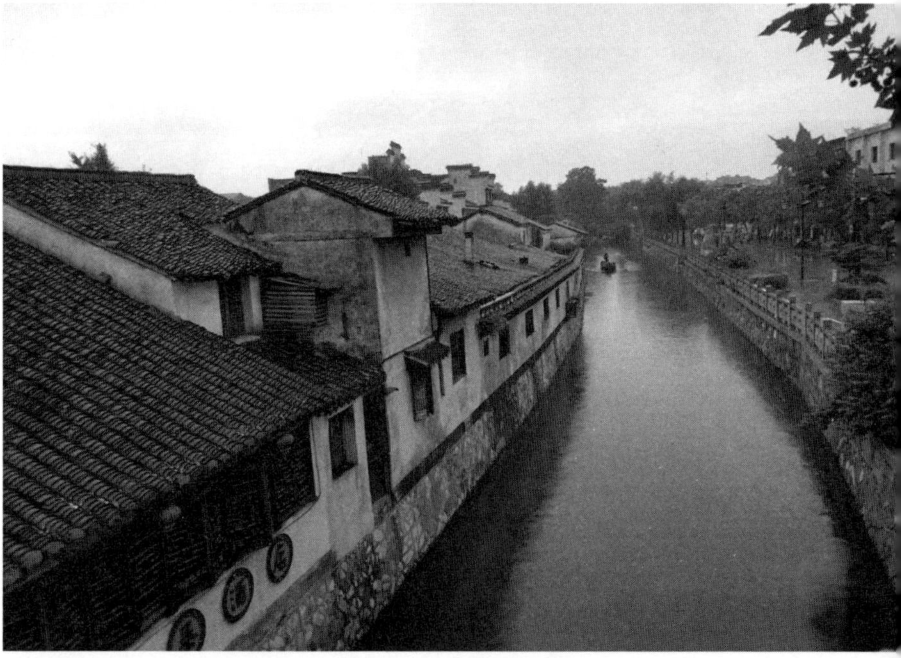

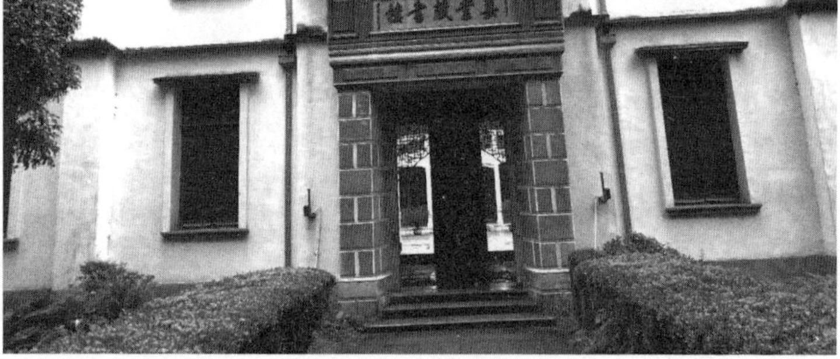
嘉業藏書樓

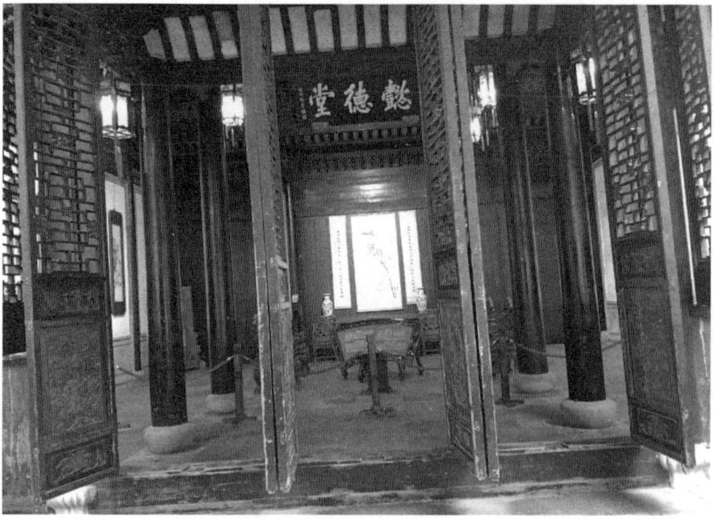
懿德堂

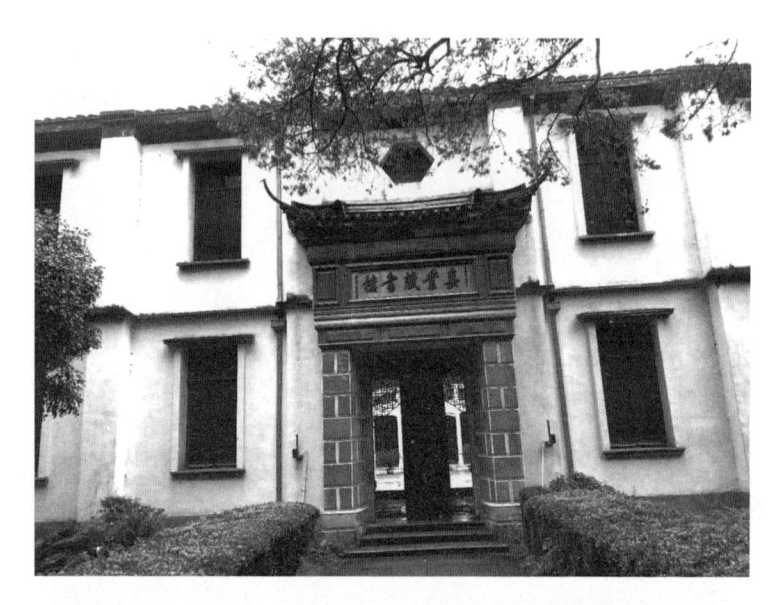

普陀山

七月六日

上普陀山须搭乘轮船而去。

普陀山不知道是哪座山,我感觉普陀山就是个海岛,也许,整个海岛都叫普陀山。

普陀山有寺庙禅院。有一寺庙,不知何名,立于高坡之上,其后门对着大海,倚于门前即可观海。从后门往下走,见一巨石,石上刻有"观音跳"三字。从该处远眺,可见隆起于大海中的几个黑块,那亦应为岛。

普陀山上有巨大的南海观音立像,远处即可见。该观音面向大海,似在诵念"阿弥陀佛"。只不知这南海观音怎么跑到东海来了,其不是定居于南海吗?"千处祈求千处应,苦海常作渡人舟",也许其亦需云游四方做普渡众生的工作。

听说普陀山的最高峰叫佛顶山。在索道处,问几个不知是当地人还是住宿于此的游人,是否可以走路上普陀山的最高峰。他们说不行,说最好是明日坐索道上去。因已临近傍晚,且打算今晚离开普陀山,遂罢。

在索道处,看潮涨潮落,潮来潮去,听大海波浪袭来的"嚯嚯"声,觉得颇有点意思。记起一篇叫《听潮》的课文,想起这篇课文的作者鲁彦,不知其所写的"佛国"在何处,感觉普陀山也可以算是个"佛国"吧。

想读读鲁彦的《听潮》,经查找,居然发现他所写的文章是叫《听潮的故事》,而《听潮》只是《听潮的故事》的缩写版。读《听潮》,是一种美好的享受,可读《听潮的故事》,却未必如此。

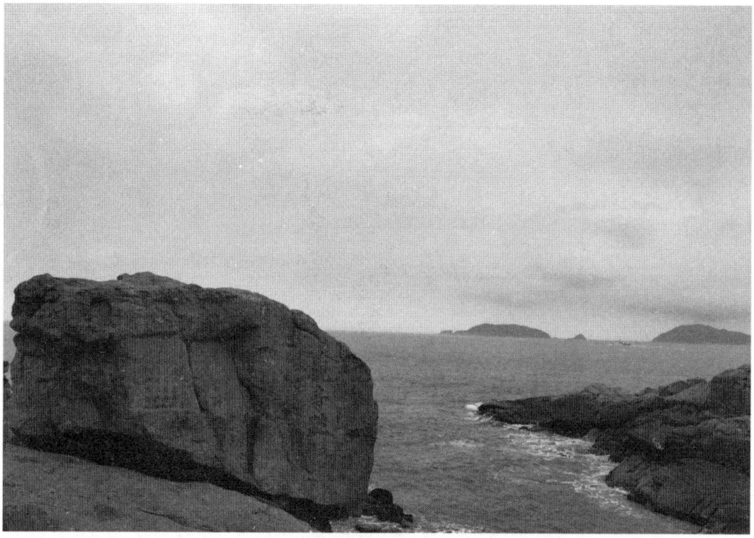

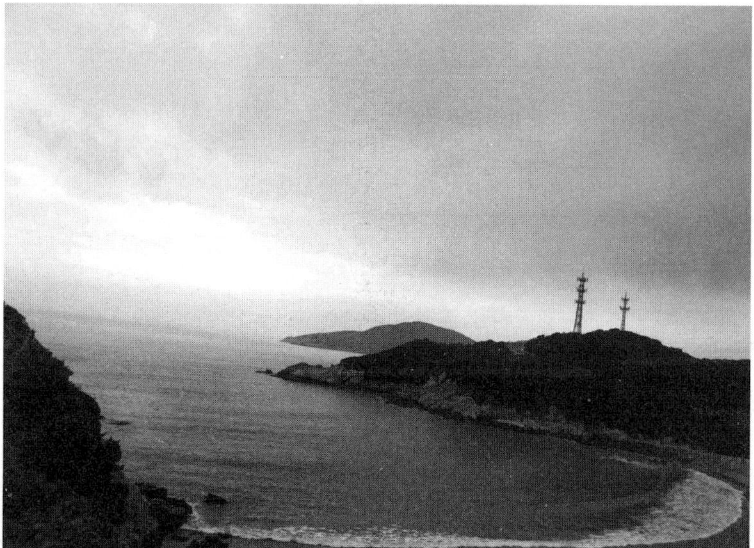

鲁迅故里

七月八日

会稽山麓有大禹陵。《史记》载:"禹会诸侯江南,计功而崩,因葬焉,命曰会稽。"禹有治水之大功,有铸九鼎之大举,有立夏之大业,亦人亦神,时人时神,其陵无甚可看,只增远古之遐想。

炉峰禅寺,依山而建,颜色独具,水声潺潺,极显清静,真乃修行之好去处。名山伴禅寺,名山愈名,禅寺愈神,相得益彰。

沿阶梯而上,高处见佛塔。三圣佛殿与观音宝殿矗立于香炉峰上。峰上俯视,绍兴市尽收眼底。不登香炉峰,枉来会稽山;不登香炉峰,枉来绍兴城。

访鲁迅故里,于"德祉永馨"香火堂下忆鲁四老爷与祥林嫂之《祝福》；到"百草园"与"三味书屋"品味长妈妈的美女蛇故事与私塾老先生吟诵的"铁如意，指挥倜傥，一座皆惊呢……；金叵罗，颠倒淋漓噫，千杯未醉嗬……"；来一瓶"咸亨酒店"的黄酒与一盒"孔乙己"的茴香豆，闲逛鲁迅一条街，"不多不多！多乎哉？不多也！"

想起两个人，一为闰土，二为范爱农。曾冒出两个念头，一念为到闰土家看看，文学人物闰土确有原型，原型姓章，居绍兴城外的杜浦村；二念为到范爱农落水的河里看看，范爱农确有其人。

"文学来源于生活，又高于生活"，鲁迅小说、散文笔下的人物，值得研读。

同游记 *tongyouji*

崂山

八月二日

晏谟所著《齐记》载:"泰山虽云高,不如东海崂。"我不明其意:难道泰山还不如崂山?

欲登崂山的主峰"巨峰"。旅游车上,别人的导游问邻座的我是坐缆车上半山再爬山,还是不坐缆车而直接往上爬,我说:泰山六七小时我都爬了,我不坐缆车。导游讲,"泰山虽云高,不如东海崂",并说崂山虽然不高,但登顶的路很长,不坐缆车的话,她自己爬上去都要三小时。

因感觉时间可能不是很充足,于是我坐缆车到半山,再爬山。爬一小时不到即抵达巨峰。从巨峰走回到山底后,我想:如不坐缆车,三小时我应能登顶。

泰山雄大,山顶上堪称文物集中地。崂山多石,除了石头还是石头,巨峰上有一块巨大的石头,可谓巨石之峰。

登太姥山时，我对那只能远望而无法登临的一根根竖起的石头聚集而成之石林很感讶异，有探而索之的冲动，羡极随处可往的飞鸟，而对崂山的石头堆，我并无那种感觉，也许因为崂山的石头堆稍显平淡，抑或是我已见怪不怪。

　　庐山有雾，崂山亦有雾。庐山之雾时隐时现，亦幻亦美。崂山之雾，一团团卷起，我见之以为云，以为烟。

　　自然之山清静，山中有人则显灵性。登武当山，见道士，道士为武当山添彩。登崂山的巨峰，未见一道士：崂山道士当在别处，而我已无暇他顾。

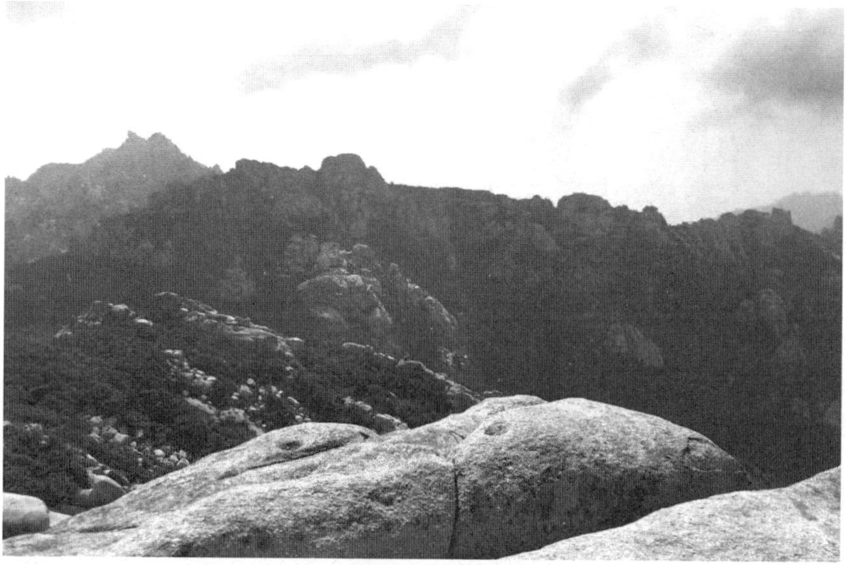

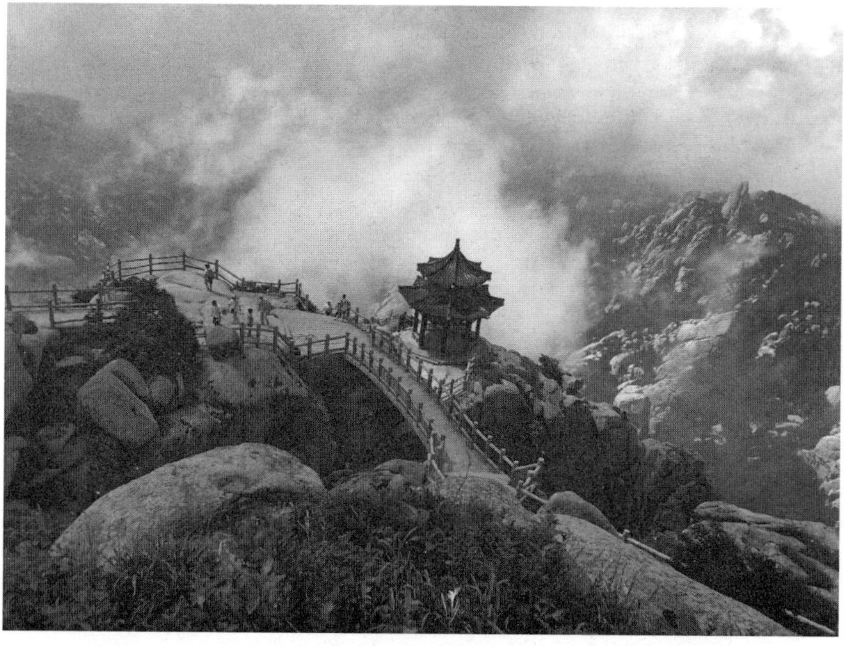

雁荡山

九月四日

今日往温州雁荡山，游览四处：一为方洞景区，二为大龙湫，三为灵岩景区，四为灵峰景区。

方洞景区，有栈道，有索桥，然无奇无险，属食之无肉、弃之可惜的鸡肋。

大龙湫飞瀑千尺，山刻古人字，地存忘归亭，尚可。

灵岩景区，有潭，有水，有栈道，有玻璃栈道，山幽路曲，沿峭壁边而上，颇有"刘阮入天台"之感。

灵峰景区，以情侣峰为卖点，亦属鸡肋。

沈括《梦溪笔谈》称："温州雁荡山，天下奇秀。"我以为过誉了。以我之见，武夷山方为"天下奇秀"。

沈括《梦溪笔谈》又称："山顶有大池，相传以为雁荡。"

我向往温州雁荡山已久,一半是为着山顶大池即雁湖,想想:湖水、芦苇、大雁……

一位当地司机告诉我:雁湖既无水,也无芦苇,更无大雁,为无人去的荒芜之地。

我问:都没有人去吗?

司机答:没有人去。

我问:你去过吗?

司机答:四十年前去过,当时才二十岁。

我问:去干吗?

司机答:去玩。

我问:上面有什么?

司机答:没有水,当然也没有芦苇,只有草。

我讲:虽然上面什么都没有,但我还是想去看看。

司机说:你不要去,没有什么看的。

我讲:没有什么看的,我也想去,能开车到山脚下吗?

司机说:开车到附近的山脚下,然后翻过一座山,再沿着不成路的小路上山。如果你要去,那么你得在雁荡镇住一夜,第二天才能去。

我问:有蛇吗?

司机说:冬天去可能比较好。

因有事,无法耽误,且担心无人走的山路有蛇,遂罢。

认真读了一遍《徐霞客游记》的《游雁荡山日记》,感觉徐霞客与我所游的似乎不是一样的雁荡山。雁荡山都是一样的雁荡山，可能只是徐霞客游览的范围比我广阔。

　　沈括、徐霞客时代的雁荡山也许人迹罕至，堪称险境。沧海桑田，斗转星移，今昔难同，即便是我小时候在太阳落山前常见的"了哥飞山"，似也已无影无踪。

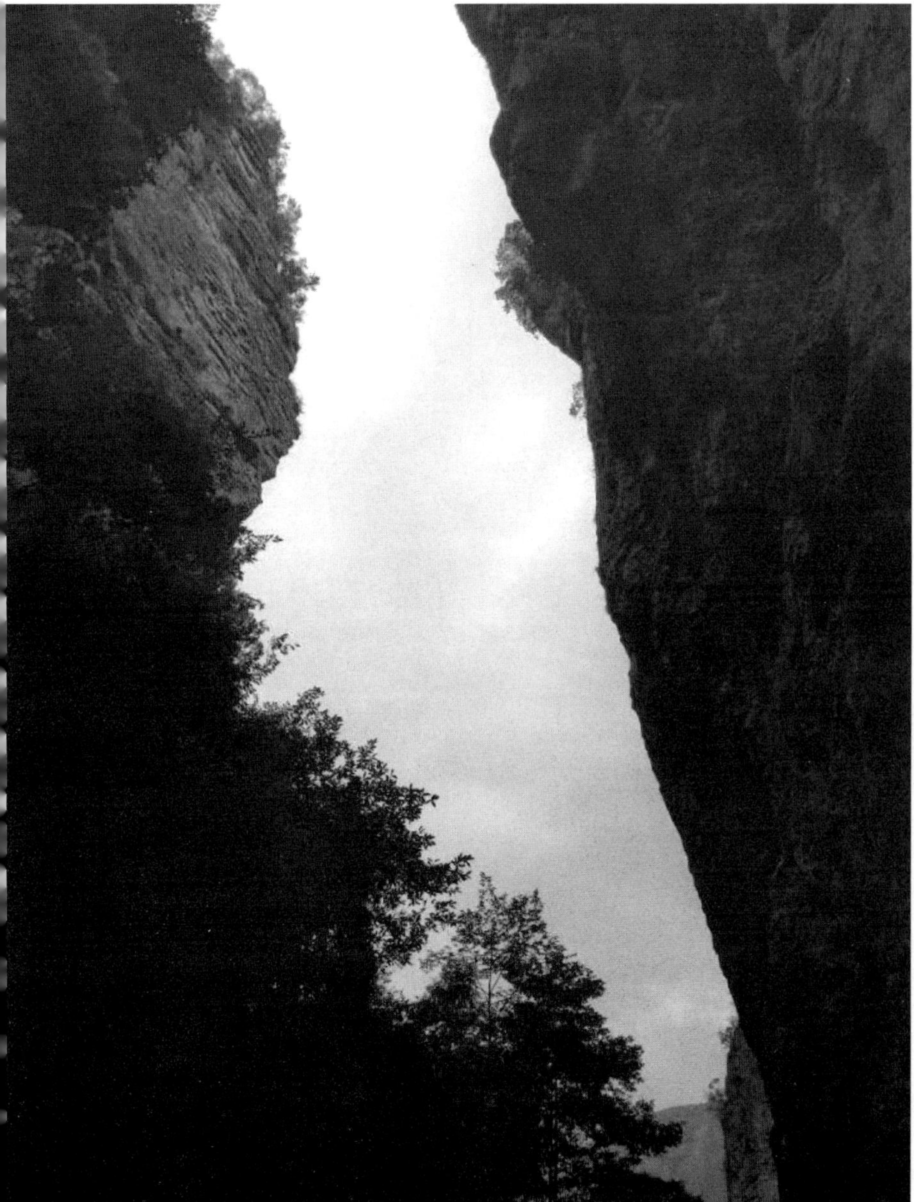

同游记 tongyouji

石钟山

九月二十八日

　　记得中学有一篇课文叫《石钟山记》,但印象中只有苏轼、苏迈与水响声,别的已全然忘记了。

　　今日前往石钟山,欲满足一下好奇心,亦想察看个究竟。

　　石钟亭、怀苏亭、清浊亭、湖山一览亭、紫云廊、江天一览阁、忠烈祠、浣香别墅、观音殿、天下奇音第一楼，还有不知名的高塔，等等，充满石钟山，山似已非山。

小小石钟山，颇有些游人，想来都是被《石钟山记》招至。

山上有阶梯直下湖水处，但为围栏所护。围栏下见"泛舟岩"三字，不知当年苏轼是不是从此处往下乘舟探究"铿然有声"之石。

欲下水，得离开石钟山，另乘小艇。小艇经石钟山旁前往鄱阳湖与长江交汇处。有说鄱阳湖与长江的水色不一，号称湖江两色。我的兴趣不在于湖江交汇，亦不在于湖江两色，而在于小艇是否能慢悠悠地靠近石钟山的岩水交集处，让人临近观察。可小艇却按其规矩直赴湖江交汇处，并不靠近石钟山的岩水交集处。来石钟山之前，我曾想自雇一小舟，于石钟山的岩

水交集处晃悠，然后在鄱阳湖里游个泳呢，甚是可笑！

离开小艇上岸，我问别人的导游：怎么没有水打岩洞的响声？

导游答：我没有听到过响声。

我问：是不是太吵了，听不到？

导游答：反正我从来没听到过。

回到酒店，睡了一觉后找《石钟山记》看看，深羡苏轼父子之幸。

同游记 *tongyouji*

碣石山

十一月二十日

早上登碣石山，欲观沧海。

沿小路而上，看不见一个人，到半山，方见正往山下走的一个男子。该男子似和尚，不知是否为山脚下的水岩寺的僧人。继续往山上走，路时有弯曲，时窄时宽，偶闻几声鸟叫，寂静异常。近来一直听《中国大案录》，也看到了杭州女大学生被害的新闻，心想：会不会碰到埋伏在路边巨石旁要剪径的强盗？但自恃不背行李，不穿沉重的外套，身子能轻松奔跳，且尚有几分蛮力，于是稍加警觉，一路前行。此山景色尚可一看，只是人员几无，相较以前爬过的山，大不相同。再往前，见道路一侧的上方有一巨石，两树立于其两边，巨石上书"碣石极顶"。

我想：这就是碣石山之顶？极目四望，哪里见海？看见这"碣石极顶"之上尚有"顶"，电视发射塔就设在山顶上，我怀疑山的另一面是"沧海"，于是决意往山顶走。电视发射塔设有围栏，里面传来气势汹汹的狗叫声，我无法从该处进去登顶，遂沿小路环山而行。看见几间破败的房间，疑是以前用于经营旅游生意的店面，后商家因无生意而撤走。几间破败的房间旁有一堵往山顶方向延伸的小段矮墙，隐约感觉沿墙的另一侧似可通山顶，于是我双手撑墙，双脚一跃而上，再跳下墙的另一侧。经观察，感觉只能由墙的这一侧登顶，但路似路，路非路，泥石交杂，旁多杂草。偶见散落的废旧矿泉水瓶，我猜测有人由此登顶：或是游客由此登顶，或是电视发射塔的施工人员借用此道登顶。遂坚定信心，小心翼翼，或走或爬，攀石踩草，终于登顶。其实，这并非最高峰，只不过这是我能攀爬到的最高点，这最高点离山顶极近。由这最高点可以看见此山的另一面，可另一面哪里有什么沧海？都是山，都是石。我曾以为碣石山的另一面的山脚下是海，岂知，辛苦向上，原非如此。脑子里冒出四个字：阿瞒欺我！

上山难，下山易。边走边想：海在哪里？曹孟德不会这么无德吧。

按原路下山，走了半程，走进路边的一条长廊。登山之时，我以为这长廊是供游人休息的地方，所以没有进去。走进长廊一看，见廊里有"碣石观海"四个大字。从长廊往前看，亦即早上太阳高挂的下方，在一口湖的远方，隐隐约约觉得那是一大片水，但朦朦胧胧，天水难分，似水又不似水。心想：那会是海吗？我宁愿相信那是海，但如果曹操东临碣石，观到的就是朦朦胧胧的那片似海又不似海的东西，他岂不是气傻了？

下到山脚之后，叫来一辆出租车。

我问司机：海在哪里？是在湖的前面朦朦胧胧的地方吗？

司机答：那不是湖，是水库。在长廊那里看海。

我说：碣石观海长廊我走进去了，只看见水库，看不见海。

我说：我登上山顶，四面八方根本看不见海。

我问：你爬上山过没有？

司机答：十多岁时上去过。

我说：观沧海，都没看见海。

司机说：看海哪里用来这里看？

司机不知道，我要看的不只是海，而是沧海，是曹操《步出夏门行·观沧海》诗里的"沧海"。也许，沧海就是沧海，沧海早已变成桑田了。

眼见为实，耳听为虚；若非亲往，岂能得知？

伊林驿站遗址博物馆

十二月八日

我把二连浩特当作中国地图的坐标之一。

二连浩特国门对面的蒙古国，尽是平坦的草地，只看见些许的建筑物，估计那是个小镇或村庄。蒙古国是个内陆国，有一百五十多万平方公里的土地，有三百多万人口，可谓地广人稀。除了矿及羊，还有被人们传说的海军，对蒙古国没有更多的了解。

在二连浩特白垩纪恐龙国家地质公园游走了近五十分钟，寒气逼人，脸都差点冻僵了。这地方很是空旷，想必以前是恐龙聚居地，否则，也不会在此设立一个恐龙公园。

二连浩特白垩纪恐龙国家地质公园的旁边为伊林驿站遗址博物馆。看资料，伊林驿站系清代嘉庆时设立的张家口—二连

同游记 tongyouji

浩特—库伦（今蒙古国乌兰巴托）古"茶叶之路"上的一个重要站点。活跃在此"茶叶之路"上的运载工具主要是骆驼，奔忙在驿路上的商旅们，据说"饥渴痨病，寇贼虫狼，日与为伴"。

083

蓬莱阁

十二月十四日

　　清晨往蓬莱风景区,也不知人家上班没有,遂先在海边走走。远远望去,见傍海的小山丘上有一座小高塔与几间房屋,想必那就是蓬莱阁吧?看其极平常的样子,有几分失望。但既来之,则游之:很多景点,于我而言,都不过是到此一游而已,"到过就行"!

　　买门票,花一百二十元,心里嘀咕:值得吗?

　　沿路右走,见几尊瞄准大海的大炮,看那温柔的大海,强敌何在?

　　转回头,登阶梯往小山丘上走,穿梭于房屋间,见那小高塔,我以为这就是"蓬莱阁",可靠近塔身看那几行字,方才知道:这塔不是蓬莱阁,而是叫普照楼,又名灯楼,原是用于夜间行船的标灯。普照楼旁有苏公祠,往另一方向下阶梯则见一竖石,上书"海天一色",可观大海。我思忖:蓬莱阁在哪呢?往"海天一色"后面走,到处都是小建筑,名目繁多,有龙王宫、天后宫、三清殿、吕祖殿,等等。于正中处,终见"蓬莱阁"三个字,蓬莱阁就在小山丘的最高处啊。蓬莱阁内供着或站或坐或伏的过海八仙。蓬莱阁的另一面即苏公祠、普照楼……

从蓬莱阁下山,见一寺庙,名曰"弥陀寺"。看起来,在这小山丘上,道佛相依,和谐共处。

这小山丘,树木多,古建筑多,碑石亦多,皆隐于树木之中。

十二月的蓬莱,已下过雪,白雪尚存,积于瓦顶,点缀于草木间,此时,游人稀少,几只喜鹊叫,有难得的静谧,亦不失为放松心情之好去处。

远看几个点,游览一大片;近观极平常,登临好去处。此蓬莱也。

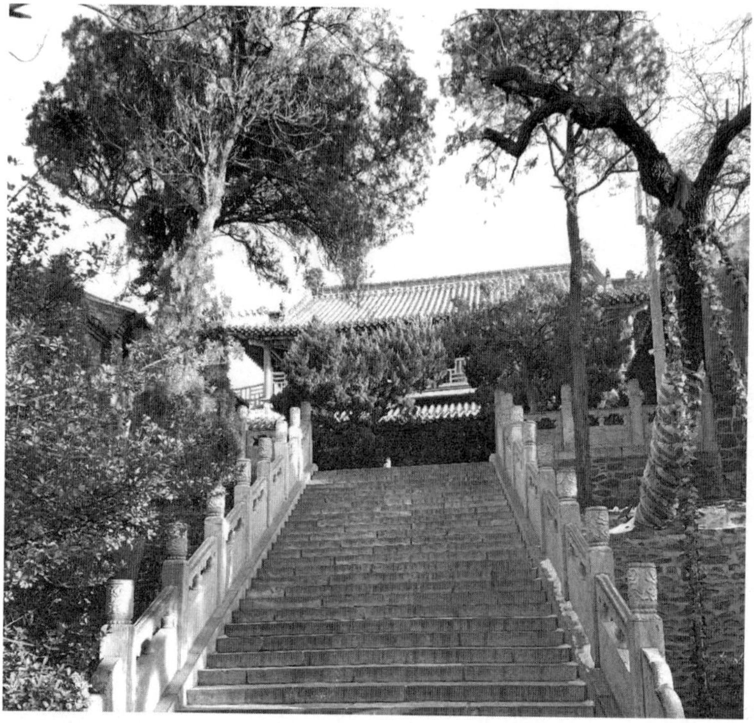

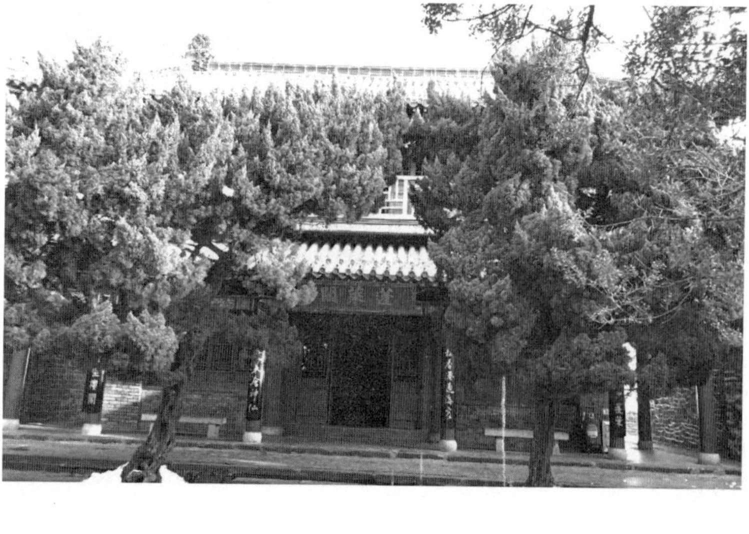

成山角

十二月十五日

以前学地理，知道山东半岛伸入大海中。后来有点好奇：伸入大海中的山东半岛那个尖尖的地方不知是什么地方，究竟是什么样的情况。终于，找个机会走一走。

尖尖所在的市叫荣成市，尖尖名叫成山头，在中国地形图上叫成山角。

成山头形如一座小小的山，险峭无比，一柱擎天，峭峰上书"天尽头"三个字。成山头只可远看而无法就近触摸，但细细观察，似乎其山底有石，余皆由泥土构成。"天尽头"三个字左侧的下方有一小片青翠，似为藤叶。如以尽头而论，"天尽头"并非尽头，因为其之前有一块矮小的三角地带方是尽头。

我问司机：底下水深吗？

司机答：深。

我说：我以为接近陆地的地方，海水比较浅。

司机答：山东半岛伸入海中，到这个地方已是深海了。

司机说：天尽头是原始的土石。

我问：一直以来都是这样吗？

司机答：原来是像棺材一样方正，后来改成这样。

我问：什么时候改的？

司机答：2000年改的。

我听后，顿觉惋惜，怀疑改造者故意将"天尽头"拔得险峭些，夺人眼目，以利观瞻。大海日夜洗刷，大自然鬼斧神工，自然的才是最好的。

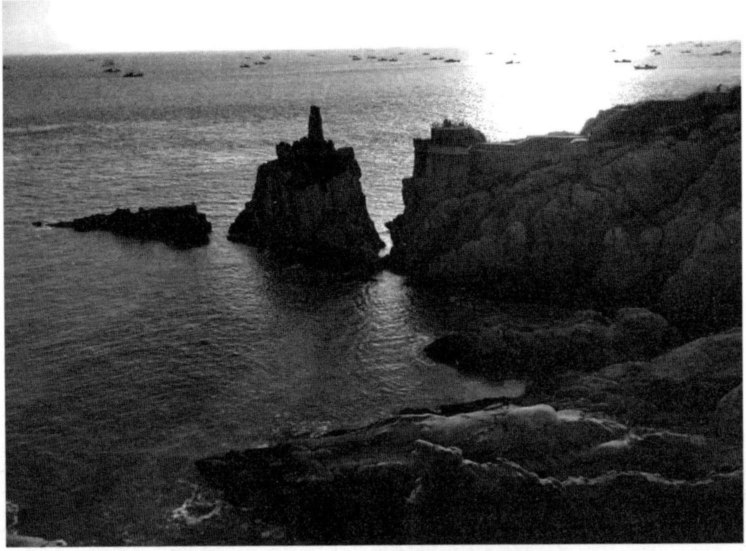

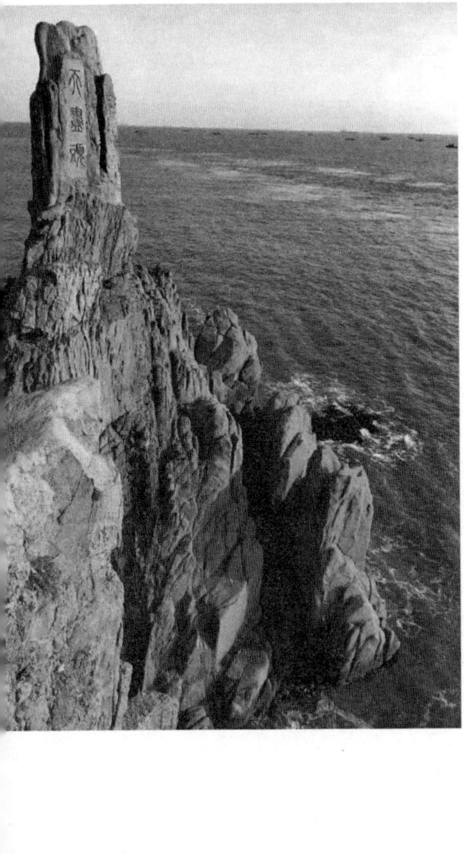

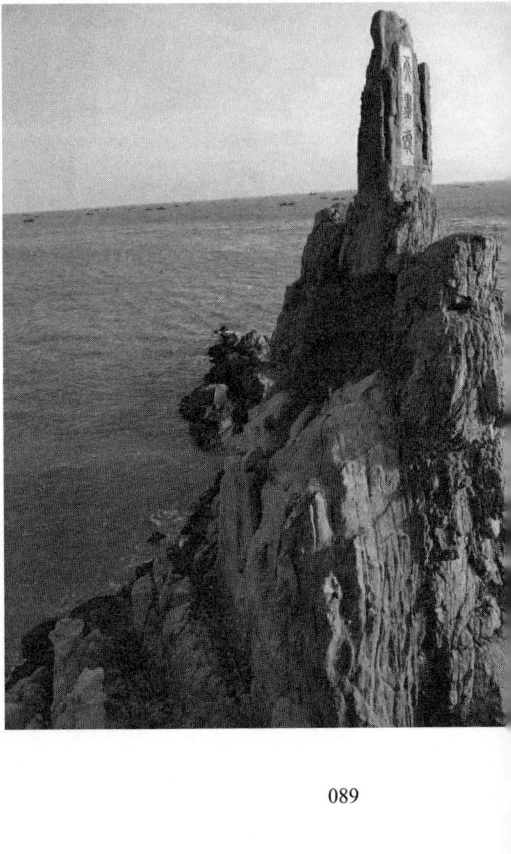

寒山寺

十二月二十四日

寺者，多依山而建。以前，一直以为寒山寺依寒山而建，直到在微博上看到"昔日寒山问拾得曰：世间谤我、欺我、辱我、笑我、轻我、贱我、恶我、骗我，如何处治乎？拾得云：只是忍他、让他、由他、避他、耐他、敬他、不要理他，再待几年你且看他"这段话，始知寒山不是山而是人。寒山寺有钟，有普明宝塔，有寒山禅房，还有个寒拾殿，此殿该是寒山与拾得两人之殿。寒山寺无山，因不是山的寒山此人而得名，更靠着唐代张继的一首《枫桥夜泊》而博得大名："月落乌啼霜满天，江枫渔火对愁眠。姑苏城外寒山寺，夜半钟声到客船。"

记得白居易有一首也是写寺的诗，名叫《大林寺桃花》："人间四月芳菲尽，山寺桃花始盛开。长恨春归无觅处，不知转入此中来。"因此诗无大名，故大林寺位于何地，恐怕许多人都不知道。

　　自古以来，文人骚客们凄凄惨惨戚戚之作很入人心，《枫桥夜泊》比《大林寺桃花》知名，自有其理。偶尔，我也喜欢凄凄惨惨戚戚之作，但终归更喜欢辛弃疾与毛主席那类型的诗词。心情，总是以积极、向上、乐观为好。

同游记 *tongyouji*

虎丘斜塔

十二月二十五日

苏州虎丘，有塔有亭，有桥有池，有草有水，树木很多，郁郁葱葱，不知以前是否为谁家庄园。

印象深的是那座塔,看起来挺高,看土色挺古老,塔身歪斜,走近忧心其倒。唯其欲倒不倒,方有吸引人处。想象古代文人,手持桃花扇,三三两两,摇头晃脑登塔之情景。

孙武之祠立于虎丘,虎丘有致胜阁。

孙武知进知退,为智者。进不易,退更难;福不可享尽,亦不可尽享；水满则溢，月盈则亏。

伍子胥为非凡人，见识极高，何以知进不知退？伍子胥破楚，"掘楚平王墓，出其尸，鞭之三百"，已雪父兄之仇。吴王夫差屡不听谏，伍子胥何不趁机归隐山林，反要碍其手脚？勾践兵败请和，夫差将许之，伍子胥谏曰："越王为人能辛苦。今王不灭，后必悔之。"夫差不听。夫差兴师北伐齐，伍子胥谏曰："句践食不重味，吊死问疾，且欲有所用之也。此人不死，必为吴患。今吴之有越，犹人之有腹心疾也。而王不先越而乃务齐，不亦谬乎！"吴王不听。后四年，吴王将北伐齐，伍子胥谏曰："夫越，腹心之病，今信其浮辞诈伪而贪齐。破齐，譬犹石田，无所用之。……"夫差不听。

人皆有情感，欲让听者听而从之，劝者该十分注意方法或方式，否则，引发抵触情绪，难达效果。直易伤人，刚易折断，伍子胥太直、太刚，终受属镂之剑。世有魏征，亦有说赵太后之触龙，魏征不易，触龙更不易。

夫差有忠臣如伍子胥而不知用，又有妇人之仁，轻纵勾践，反为勾践所灭，贻笑后人。

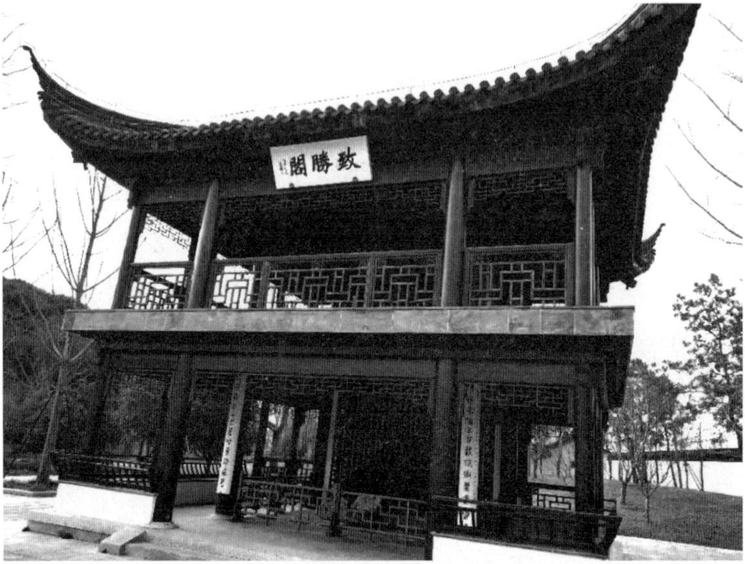
致勝閣

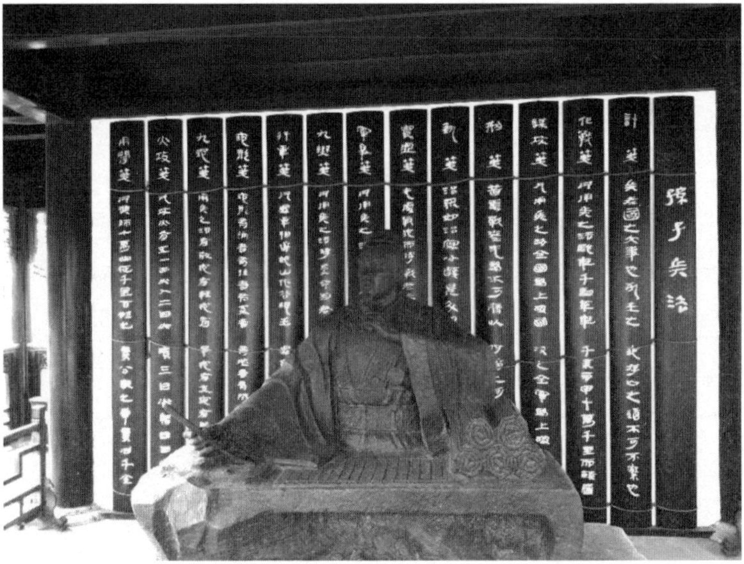
孫子兵法

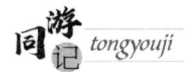

醉翁亭

一月五日

一亭长出几亭来。写《醉翁亭记》的欧阳修系文坛领袖，一座醉翁亭，自有人趋之若鹜，在其旁生出古梅亭、影香亭、意在亭、怡亭……

《醉翁亭记》的内容已忘记许多，忘不掉的是"醉翁之意不在酒，在乎山水之间也"之句。醉翁之后，新醉翁之意不在酒，也不在乎山水之间，而在乎其他也。

找来《醉翁亭记》，读了两遍，真是美文！醉翁小亭，无足挂齿，但其山水，可与其记相当。

看到"欧阳修"这名字，常常同时想起"范仲淹"这名字。

欧阳与范为同时代人，皆自幼丧父。

欧阳以"醉翁之意不在酒，在乎山水之间也"闻名，范以"先天下之忧而忧，后天下之乐而乐"闻名。

欧阳以文名，兼有政声；范以政名，兼有文名。

欧阳谥号"文忠"，谓欧阳文忠公；范谥号"文正"，谓范文正公。范之谥号"文正"，似比欧阳之谥号"文忠"更隆。

有人谓欧阳为政治家、文学家，我以为，欧阳只为文学家。

有人谓范为思想家、政治家、文学家，我以为，范只为政治家、文学家。

欧阳与范皆为有德之人。人世间，有权、有财或有才者众，兼有德者，鲜矣！

同游记 tongyouji

琅邪山

一月五日

听别人提起过电视剧《琅琊榜》，我没有看，我知道有个叫司马睿的，当过琅邪王。

细雨过后，雾气朦胧，百米之外不见人，登琅邪山。沿阶梯往上，两旁树繁木多，半小时即达山顶，不怎么辛苦。山顶上有南天门，记得泰山、普陀山也都只有南天门而没有北天门，为何没有北天门？山顶无众山可俯览，只缘身在此山中。沿阶梯而下，为琅邪古寺。看这寺，似久远，不知确否。山寺，稍有点名的山，似都有寺。寺里播放着一首我熟悉的佛教歌曲。于今，喜登山，爱看寺，但不烧香，不拜庙，不许愿，游罢即走，与好看神仙鬼怪但不信神仙鬼怪同理。

走出琅邪寺，看景区导图，有个叫唐代摩崖的地点没有去过，遂返回。

问两工作人员：唐代摩崖在哪里？

一人答：三天门往右拐，雨天打滑，你最好不要去。

另一人答：恐怕你找不到。

我决意前往。

进入三天门，走出右侧门，看见树叶满地，隐隐约约有一条被人踩成的不是路的路。我不管不顾，循路而前。走，看不见一个人；走，一直走到隐隐约约的不是路的路的尽头；仍往前走，终回头，只因不知目的地之所在。返回头，见些许石头，其中有两块石头上嵌着个长方形，颇觉奇怪，走近一看，上书有字，多数难以分辨，只看清、读懂"琅邪东峰"四字。不知这为摩崖石刻否？

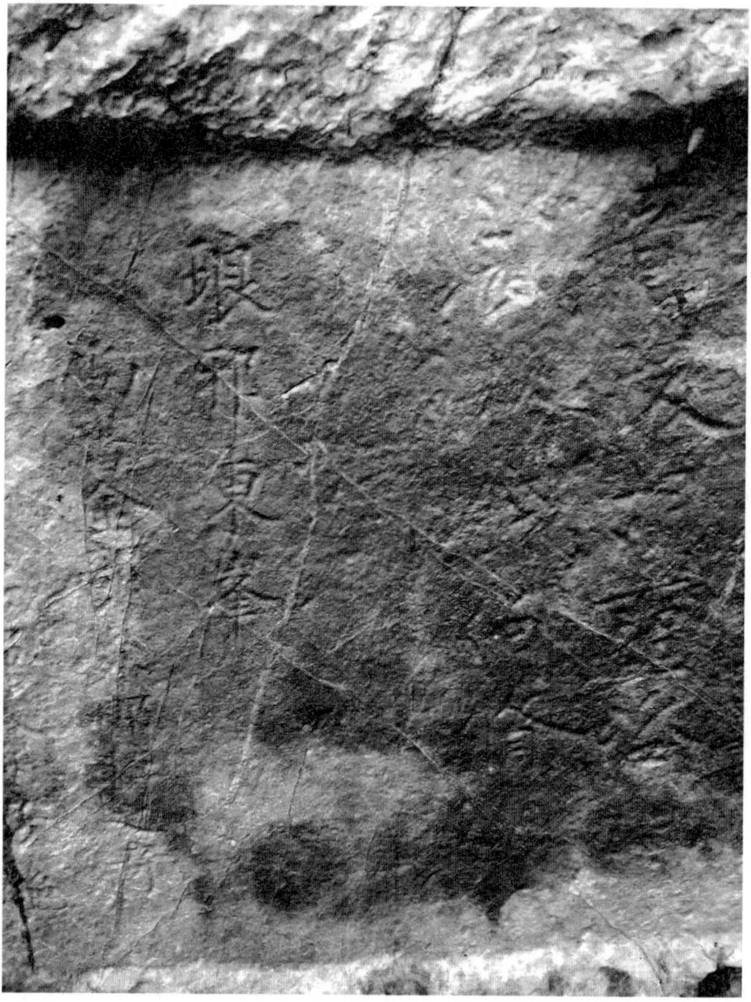

北固亭

一月二十日

　　山不在高，有名文记之则名，不必在于仙，亦不必在于龙。石钟山为极平常之低矮山，因苏轼之《石钟山记》而名。与石钟山相似，北固山亦为低矮山，山上有亭，傍长江，因辛弃疾之《南乡子·登京口北固亭有怀》与《永遇乐·京口北固亭怀古》而名。

　　辛弃疾两词皆提及孙仲谋，以孙权为英雄，然在曹操眼里，孙权恐非英雄，就算是其兄孙策亦非英雄，"天下英雄，唯使君与操耳"。当世之人，曹操只认为其与刘备是英雄。曹操叹："生子当如孙仲谋！若刘景升儿子，豚犬耳！"此语恐亦不认为孙权是英雄。孙策对孙权有言："若举江东之众，决机于两阵之间，与天下争衡，卿不如我；举贤任能，使各尽力以保江东，我不如卿。……"知弟莫如兄，如此看来，孙权应属守成之主。

《南乡子·登京口北固亭有怀》："何处望神州？满眼风光北固楼。千古兴亡多少事？悠悠！不尽长江滚滚流。年少万兜鍪，坐断东南战未休。天下英雄谁敌手？曹刘！生子当如孙仲谋。"

《永遇乐·京口北固亭怀古》："千古江山，英雄无觅，孙仲谋处。舞榭歌台，风流总被，雨打风吹去。斜阳草树，寻常巷陌，人道寄奴曾住。想当年，金戈铁马，气吞万里如虎。元嘉草草，封狼居胥，赢得仓皇北顾。四十三年，望中犹记，烽火扬州路。可堪回首，佛狸祠下，一片神鸦社鼓。凭谁问：廉颇老矣，尚能饭否？"

曹操、刘备与"气吞万里如虎"的刘裕，真英雄也！

曾国藩故里

一月二十二日

游览曾国藩的毅勇侯第、白玉堂及祖坟。

一入侯门，看见对面有"富厚堂"三字。侯第的中央为一长方形的大草坪，草坪四周为房间，一间接一间，有的房间里还有房间。除卧室外，侯第辟有"收割农具""耕作农具""雨具"等室。往侯门里的右侧走可见一水池，水池上有亭子。侯门里的左右两侧各有小路通往后山，后山有鸟鹤楼，还有上下两亭子，都立于繁木之中。从后山往左下山，见思云馆，馆内设有曾国藩卧室。思云馆位于水池上方一二十米处，为独立房屋。侯第依山，也傍水，侯第的前面为一大水塘。

白玉堂与毅勇侯第并不在同一地方，距离较远。白玉堂为曾国藩的老屋，屋前有一大水塘，屋后有竹木，有小路环绕，附近为树木繁茂的山。白玉堂有曾国藩的祖宗牌位，有曾国藩的卧室及书房，有其父与其祖父的卧室。

曾国藩的祖坟离白玉堂不远，位于矮山半坡，树木繁多。

听说曾国藩兄弟的后辈都已离开故地，不知其兄弟之族辈如何？观其毅勇侯第、白玉堂与祖坟，想起刘禹锡"旧时王谢堂前燕，飞入寻常百姓家"之诗句。

与曾国藩有关的书多矣，多通过曾国藩智力平平而终成大事之典故挖掘其"秘诀"。我认为，曾国藩能成就大事，与王守仁并列为中国历史上有武功的两文人，是因为他一能坚持，二善总结，三懂交友。

"君子之泽，五世而斩"，曾国藩兄弟的后辈多有所成，

人多赞其家规。家规自是一方面，毕竟，骄奢淫逸之徒容易倒塌，即使自己不倒别人也要促其倒；另一方面，与其后辈所从事的行业有关。俗话说"道德传家，十代以上，耕读传家次之，诗书传家又次之，富贵传家，不过三代"，后辈如坚持以科学文化为业，十代难斩。

岳阳楼

三月二日

岳阳楼位于洞庭湖边。

岳阳楼因范仲淹的《岳阳楼记》而闻名。

登岳阳楼,看不出范仲淹《岳阳楼记》所述"衔远山,吞长江,浩浩汤汤,横无际涯,朝晖夕阴,气象万千"之"大观",亦无"淫雨霏霏,连月不开,阴风怒号,浊浪排空,日星隐曜,山岳潜形,商旅不行,樯倾楫摧,薄暮冥冥,虎啸猿啼"的"满目萧然"之感,更无"春和景明,波澜不惊,上下天光,一碧万顷,沙鸥翔集,锦鳞游泳,岸芷汀兰,郁郁青青。而或长烟一空,皓月千里,浮光跃金,静影沉璧,渔歌互答"的"喜洋洋"之乐。

"先天下之忧而忧,后天下之乐而乐"已与岳阳楼须臾不可分离,其已成为范仲淹的标签。先忧后乐,做到者少,达此境界者不多,贪财爱货者望之而不可及。

"不以物喜，不以己悲"，人生有所得必有所失，得不必喜，失不必忧，"塞翁失马，焉知非福？"我比较欣赏这种处世态度。

读范仲淹的训子弟语，感觉其与曾国藩的家书有异曲同"功"之妙。范仲淹与曾国藩，两人的谥号皆为"文正"。两文正公，皆泽被其子孙。

相比于欧阳修的《醉翁亭记》，感觉更喜欢范仲淹的《岳阳楼记》。《醉翁亭记》纵情山水，《岳阳楼记》则忧民忧君，有较强的家国情怀。说欧阳修只为文学家，而说范仲淹为政治家、文学家，甚妥。

同游记 *tongyouji*

武氏墓群石刻博物馆

三月二十五日

　　武氏墓群石刻位于嘉祥县武翟山,据称建于东汉桓灵时期,为武氏家族墓地上的石刻建筑群体,号称与埃及的金字塔、古希腊的瓶画共称"世界三绝",被誉为"中国历史的百科全书",1961年被公布为全国第一批重点文物保护单位。未到此处之前,我从来没听说过。

　　东汉桓灵时期的武氏有何名人?查看《后汉书》与《三国志》,没有看到哪个姓武的"纪"或"传"。或许,开辟墓群石刻的武氏的官位还不够大,《后汉书》与《三国志》还不能为其立"纪"或"传",抑或其只为富豪。

　　看不懂这"世界三绝"之一的墓群石刻。

埃及金字塔自不必说，那是世界闻名的。

古希腊瓶画，我从来没听说过。据查，古希腊瓶画是古希腊陶器上的装饰画，依附于陶器而得以流传下来，代表了希腊绘画风貌。古希腊瓶画内容丰富，多表现神话故事和英雄传说，是神话学的形象资料，反映生活面很广，诸如战争、狩猎、生产、家庭、娱乐、体育等等，不一而足。它们戏剧性很强，生活气息很浓，富有人情味。生动有趣，优美典雅，表现出古希腊人乐观自信的精神风貌。网络上的古希腊瓶画，挺漂亮的。

我不懂艺术，对艺术也没有欣赏能力，以前上学也不喜欢美学课，现在更没有心情去学什么美学。于今读书，首先是专业书，这是吃饭的家伙；其次是某方面的哲学理论书，用于提升自己的思想；再次是特定的历史书，想"研究"点东西；再就是古代文学特别是传奇、志怪、笔记小说类的书；最后才是其他闲暇消遣书。

115

赤壁古战场

三月二十九日

"大江东去,浪淘尽,千古风流人物。故垒西边,人道是,三国周郎赤壁。……"

有说"人道"道错了,苏轼所游的"黄冈城外的赤鼻矶"并非赤壁之战的赤壁,赤壁之战的古战场在赤壁市的赤壁镇。我没理由地相信"赤壁"在赤壁。

赤壁镇有赤壁山,江边刻有"赤壁"二字。

赤壁之战,孙刘以少胜多,以弱胜强。曹操为军事家,何以被孙刘胜,成全"周郎"之大名?百思不得其解。

曹操之败,也许因为瘟疫,但曹操为军事家,瘟疫之师怎能战?他会不考虑到?

曹操之败,也许因为心太急,以为身后有关西的马超、韩遂等军阀,故置疲惫之师于不顾,置荆州民心未稳于不顾,想趁热打铁，一举消灭孙刘，好腾出手来解决其他人。曹操所作《龟虽寿》里有"神龟虽寿，犹有竟时"与"烈士暮年，壮心不已"等句，可能，他觉得时不我待，急切地想统一中国。曹操等不起，也不想等啊，他不愿像后辈司马炎一样，以十年之功来灭吴。

曹操之败，也许因为……

我以为，曹操之败，终归是轻敌所致，想想：曹军一路南下，又是胜利，又是刘琮来降，荆州之地，唾手可得，以为打一场猎，孙刘就手到擒来。

同游记 tongyouji

罗贯中道"自古骄兵多必败,从来轻敌少胜多",是也!对任何事,我们做起来都不可轻视,否则便会"多败",曹操也不例外。

赤壁之战发生于公元208年,曹操去世于公元220年,其间,曹操又经历了很多"战",但终归未能统一中国。假如曹操能在赤壁之战中消灭孙刘,接着他会轻而易举地消灭其他军阀,迅速统一中国,然后称帝。感觉集军事家、政治家、文学家于一体的他,会有系列的"顶层设计",贡献给中华。

黄河入海口

六月十三日

  幼时即背诵唐代王之涣的诗《登鹳雀楼》："白日依山尽，黄河入海流。欲穷千里目，更上一层楼。"

  极少看电视剧，以前曾经看过几集电视剧《隋唐英雄传》，感觉剧情就是胡编乱造，矫揉造作，很不喜欢。后来偶然看到动画片《隋唐英雄传》，一下子就被其吸引住，全部看完。我觉得动画片《隋唐英雄传》比电视剧《隋唐英雄传》好太多了，并且，看了还获得道理，受到教育。剧头颇负豪情的旁白很让人震撼："滔滔黄河，养育着英勇的中华儿女；滔滔黄河，造就了一代又一代风流人物；奔腾不息的黄河，你流淌着几千年国破家亡的血和泪；奔腾不息的黄河，你诉说着多少英雄惊天

动地的故事。"

到了黄河的入海口。

黄河的入海口立有一石碑，上刻"黄河入海口"五字。

一群人坐上小艇，从黄河入海口出发。黄河水真够黄，很浑浊。小艇往前驶，黄河变得很宽阔，很快就看不到边际：河水，还是黄的。突然，有人叫起来：哇！接着一群人都叫了起来。我站立起来，清晰地看见一部分黄河水与大片海水遭遇，河与海相遇的那一瞬间，似乎黄河水覆盖在海水之上，感觉很震撼。随着小艇前进并旋绕，又清晰地看见大片黄河水与大片海水交接，似乎还是黄河水覆盖在海水之上。一半是河水，一半是海水；一半是黄水，一半是蓝水，两水交汇，颜色分明。最后，随着小艇继续行驶，已看不见黄河水，已全然是海水。想当初，

同游记 tongyouji

登石钟山，乘游艇出鄱阳湖至长江，看见湖江交汇，我分不清湖水与江水，而黄河水与海水截然不同，泾渭分明。

曾想到黄河里游泳，有人说不行：黄河表面平静，但淤泥多，漩涡多。

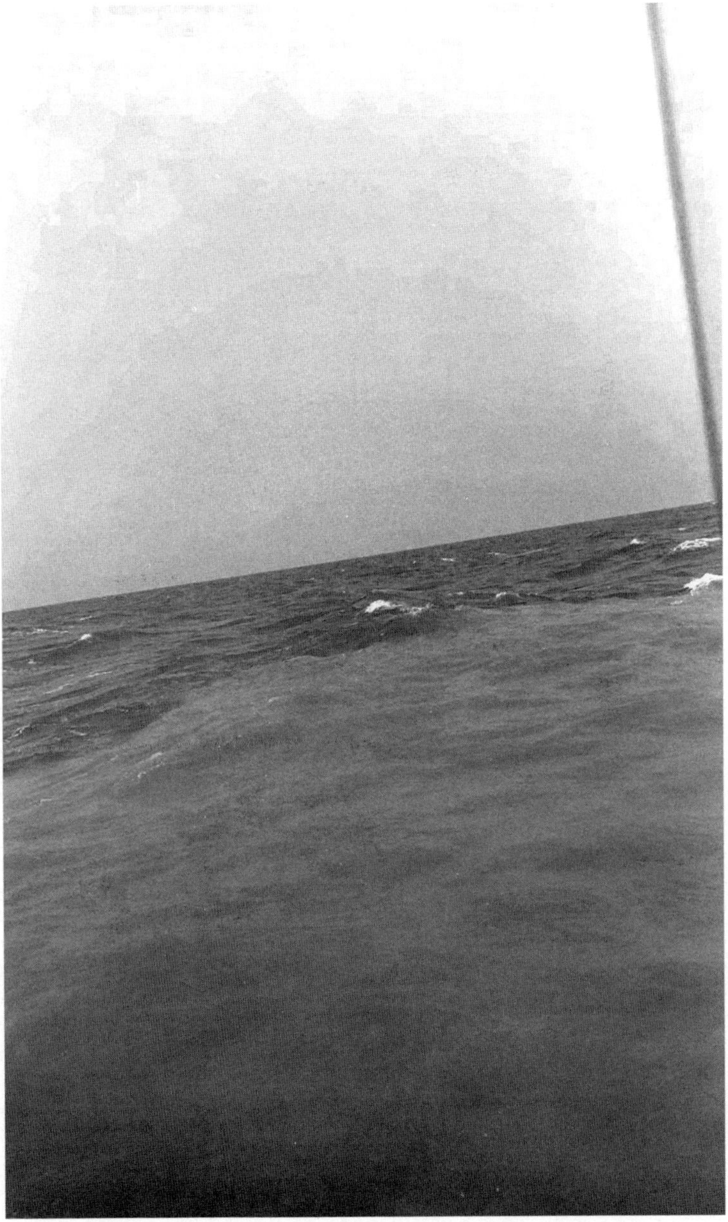

天柱山

六月二十九日

    细雨过后，天气凉爽，登天柱山。踏阶梯，满山松树，巨石无数。钻石缝为常事，尤甚于往昔所登太姥山。半山之上，雾气朦胧。

    天池峰，上有"民国万年""度仙桥"与"天池"几个字，旁有一小小水池，即所谓天池。立于天池峰上，前方与左边各有一山，之后得知前方山为天柱峰，左边山不知何名。天池峰上雾气扑面，眼前长时间白茫茫一片。欲看天柱峰与左边山，须等待。有耐心者则有机会目睹其真颜。如能目睹其真颜，也只有大约区区 60 秒，也许，太阳方能使其长时间露脸。

为长时间仔细观看天柱峰与左边山，于天池峰上待了两小时左右，但终难如愿。我想：既然此处难看，不如直接深入其中。由天池峰往右走，得知前边有路往天柱峰、蓬莱峰。

"横看成岭侧成峰"，由天池峰向前看天柱峰，则天柱峰为峰，而抵达天柱峰下看天柱峰，则其为岭。天柱峰壁刻"顶天立地"四字，峰上不知有何物，至此，甚羡飞鸟之能。我能抵达者，天柱峰之"一线天"而已。天柱峰，为天柱山之最高峰。

由天柱峰之"一线天"返回，右侧有路通蓬莱峰。蓬莱峰三面绝壁，我微有惊惧，不敢久立。

天柱山之半山腰有大湖，名为炼丹湖。

天柱山，为松树之世界，为石头之世界，不缺峻峭，不乏迷幻。

登天柱山，唯一可憾者：不知飞来峰而未去。

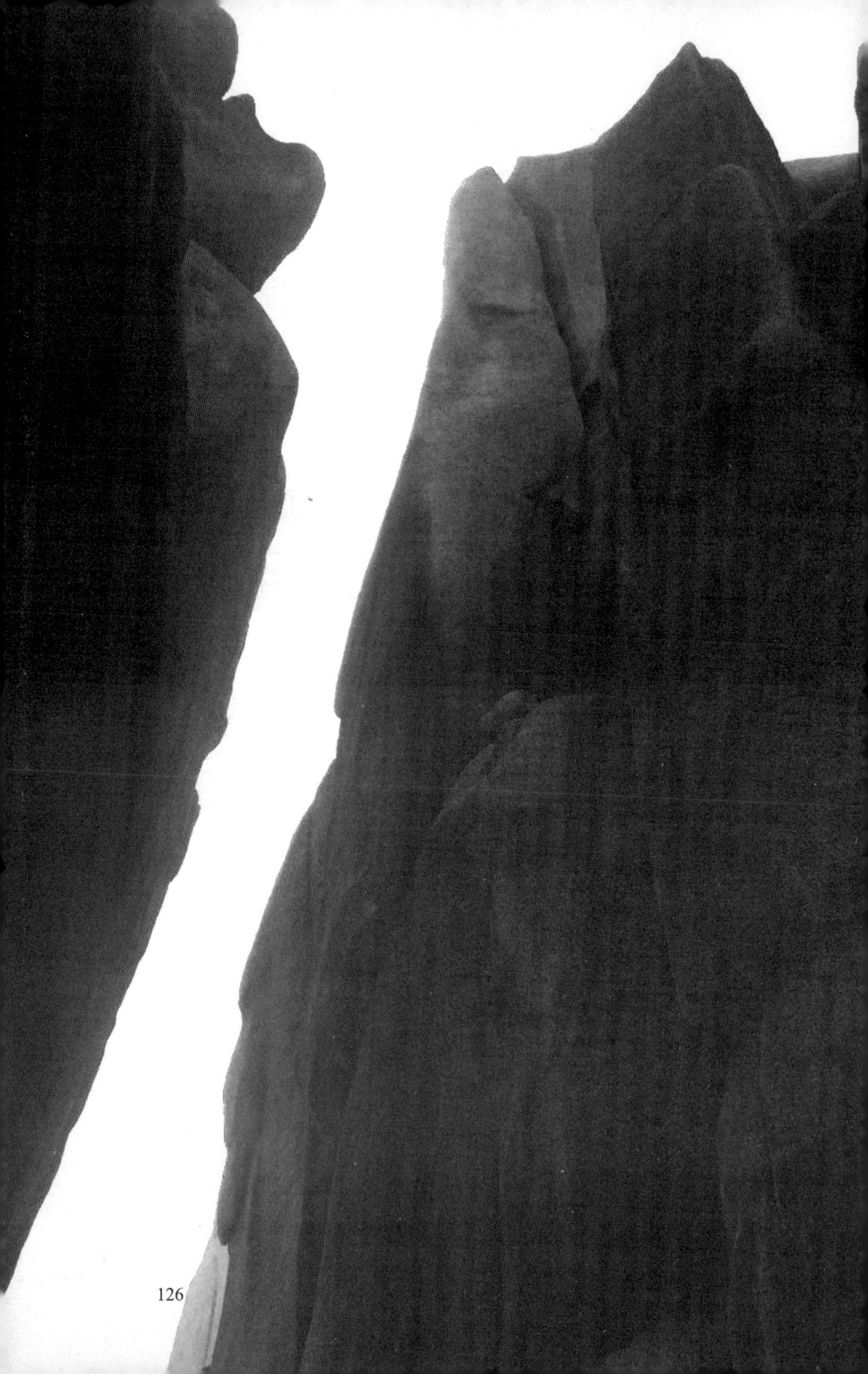

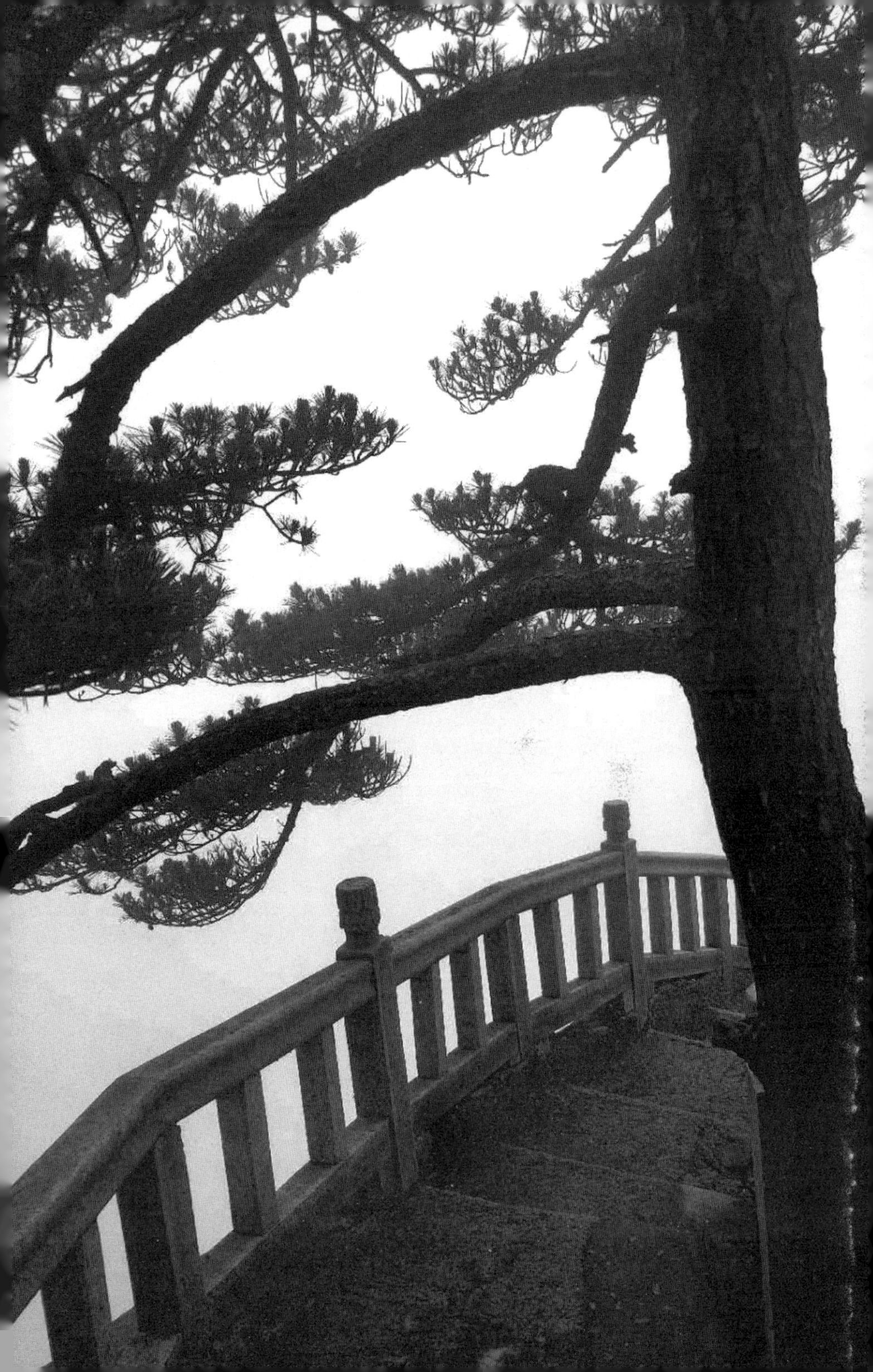

褒禅山

六月三十日

中学时读过王安石的《游褒禅山记》,可现在已全然忘记了。因今日欲游褒禅山,故找来《游褒禅山记》看看,方知王安石所游的并非褒禅山而是褒禅山洞即华阳洞。

临近中午,日头当空,有热意,往游华阳洞。从山脚向上走几十步,见一如饭桌般大小的洞口,此为前洞。入洞口,有凉意。洞内空间颇大,头顶与身子两侧都为石,石上布有人工设置的小灯,闪闪烁烁,略显昏暗。洞内奇凉奇爽。石缝有水流出,地上水渠有波纹。听着"滴……滴……滴"的滴水声,独自前行,更感寂静。曲曲折折地走着,头顶上方的水滴落在身上,突听"哗哗哗"的水声,看见一"莲台",水自其上流下,宛如瀑布。沿路而走,突见"啪啪啪"的飞物,原来是蝙蝠。继续前行,有萝卜似的石头悬于路的上方,脑袋几次差点撞于其上,弯身或匍匐而行皆不可少。边观看边听声音,三十多分钟才走出后洞洞口。

依《游褒禅山记》,王安石并没有游完华阳洞,而是半途而退。一千年前的王安石仅凭火把而游华阳洞,实属不易;一千年前的褒禅山不知是什么样的情形,华阳洞内蛇兽不明,王安石敢游其中,胆气不小。

问一老人:褒禅山是哪座山?

答:这周边的山都叫褒禅山。

问:华阳洞所在的这座山能上山顶吗?

答:只有很窄的路上去,路上有刺,你不懂得怎样上去的。

问:华阳洞这座山,看上去是泥土山,山上有石头吗?石头多吗?

答:山上有石头,石头不多。

我想:山是泥土山,何以有个全是石头的华阳洞?流水又从哪里来呢?

褒禅山都是低矮的山,华阳洞附近有褒禅寺,有和尚居于其间,寺庙颇新。

问:这个褒禅寺什么时候建的?

答:建了二十多年了。

问:褒禅寺的旧址在哪里?

答:在几里远的大庙村那边。

问:旧址那里有什么?

答：什么都没有，"文革"时拆完了。

问："文革"前有和尚在旧的褒禅寺吗？

答：有的。

褒禅旧寺已无，王安石文中"距洞百余步，有碑仆道，其文漫灭，独其为文犹可识，曰'花山'"之"花山"石碑更是不知落于何处。

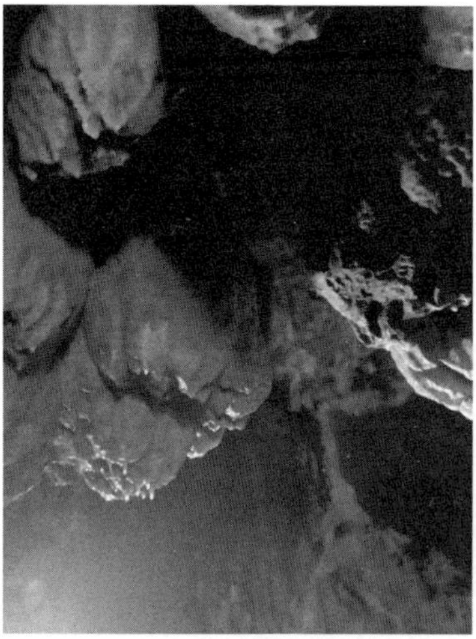
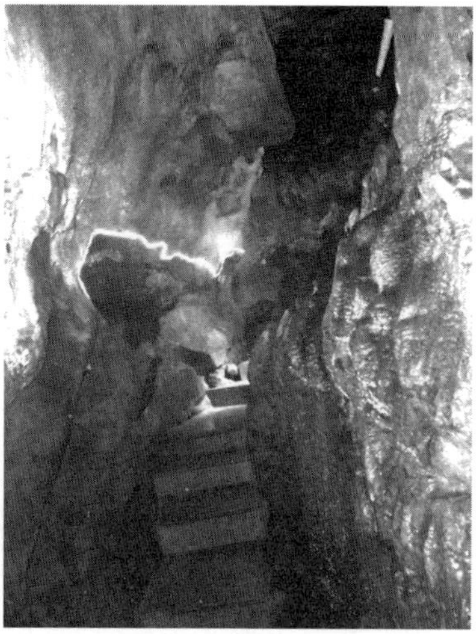
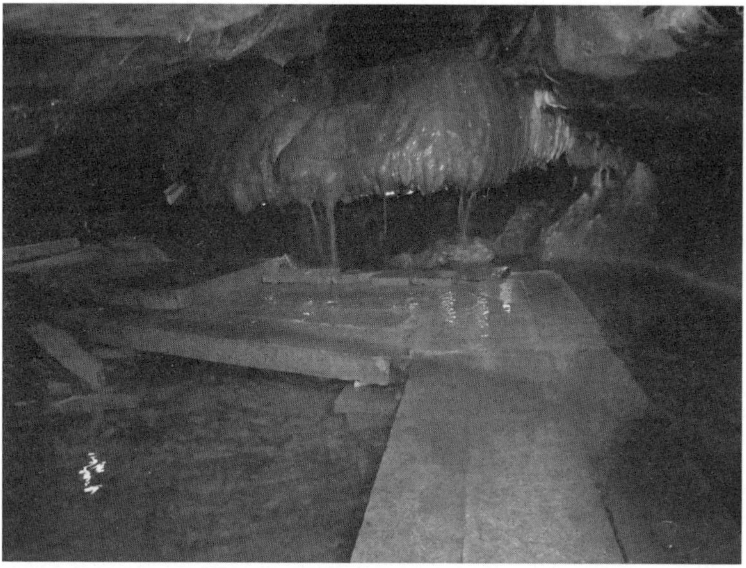

绵山

七月十一日

小时候看连环画《中国成语故事》，有一个介子推背其老母亲上绵山的画面，现在都还印在我的脑海里，但介子推的邻居、晋文公烧山的画面已变得模糊，至于那个故事的成语叫什么，我却已忘记。

初进绵山，但见泥山不见森林，心想：晋文公烧什么呢？山上没有多少树木啊。沿路而走，印象深的是路下的峭壁：身处险境不觉险，回头一看双脚软。宫殿与寺庙充满其间，道教与佛教和谐相处，尼姑庵不相让。朱家凹有点陡，攀爬中划破我的手。天桥挂在峭壁上，犹如半山上的一条线，有点恐高又没多少时间的我仅抬头看看而不愿去。迎面看见"之"字挂在峭壁上，远眺"之"字头似为房屋，疑其为云峰寺，我自量己力而没有朝前去。听说从山的另一边乘电梯升180米到正果寺可往云峰寺，下山比较轻松，于是我忍不住了，遂前往。环半山于丛林中行走，没有看到云峰寺。"之"字系栈道，栈道不窄，系厚实的石头所建。我沿着傍山这一侧的栈道而下，回头望望，感觉"之"字栈道不稳。思烟台周围都是树木，晋文公烧山，介子推难免一死。栖贤谷有山沟、流水，足踏特制的脚板、悬木，沿谷而行，甚是凉爽。有人说栖贤谷险，于我则不险，因我手长脚长，又不怕水。

绵山较险，游客得买保险。

绵山不高，深入其中，方觉其佳。

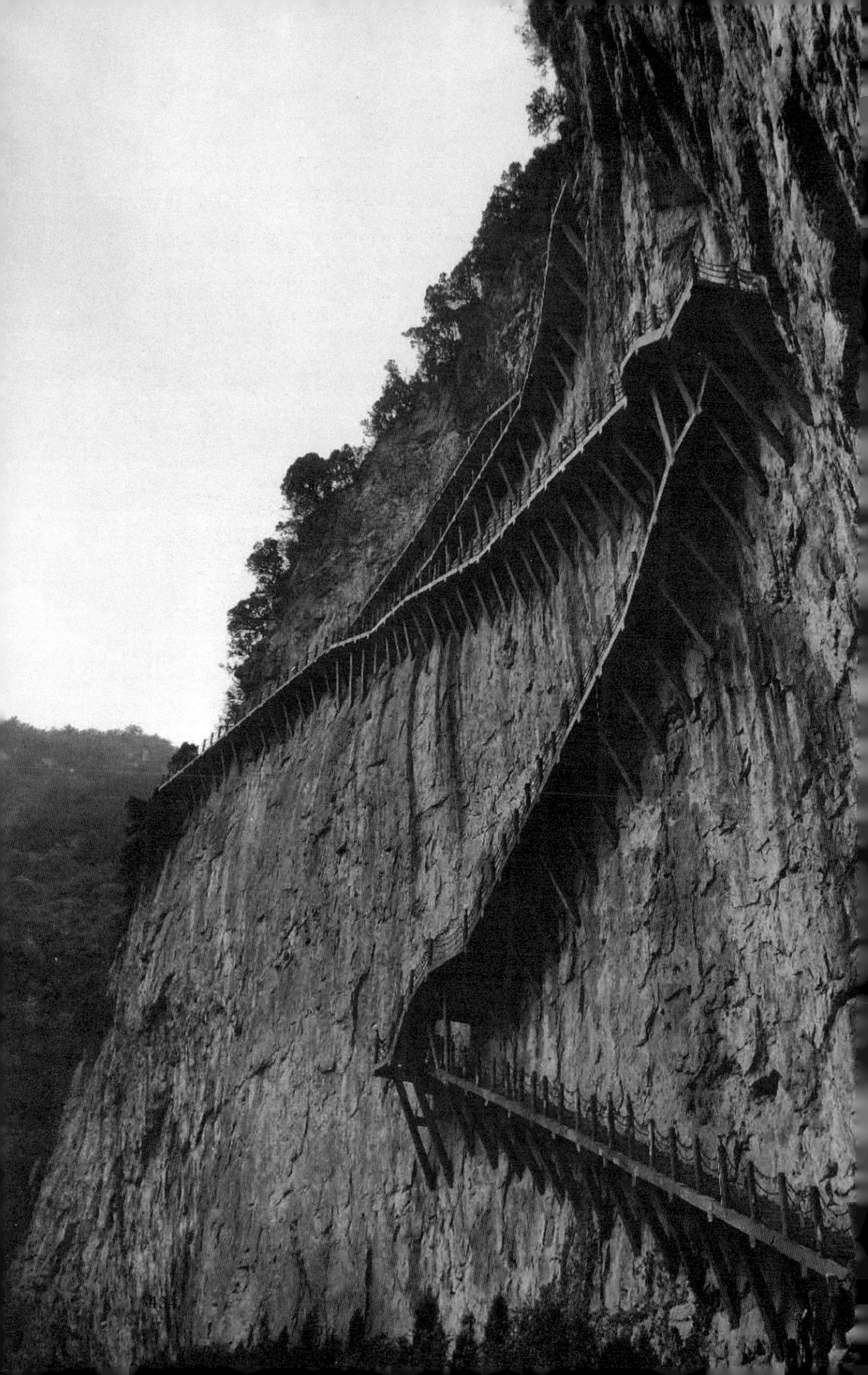

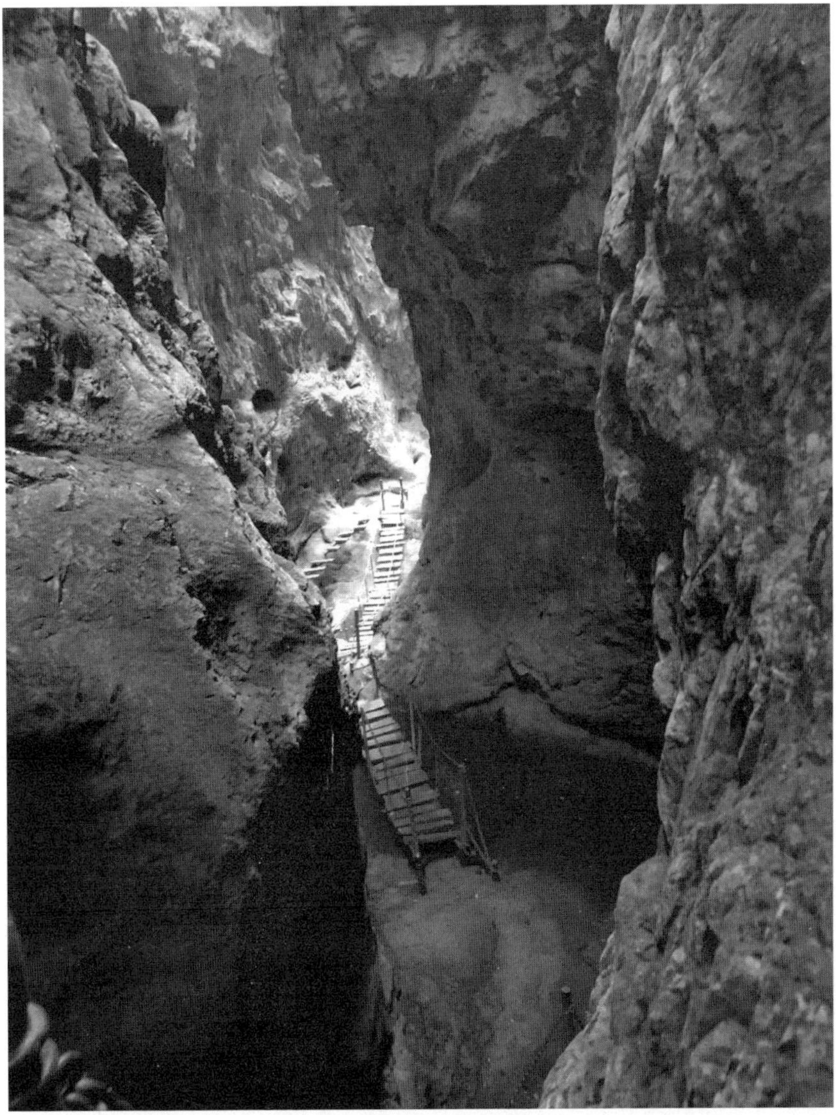

鹳雀楼

七月十二日

　　登上鹳雀楼，至此，黄鹤楼、滕王阁、岳阳楼、蓬莱阁、醉翁亭都已游毕，中国四大名楼一个不剩，可谓圆满。但除滕王阁紧靠赣江的特别印象之外，对各楼、阁、亭没有多少印象，似乎随时都能忘怀。

　　小时候我老爹教我背诵唐诗，仍历历在目，有几首难以忘怀，犹记其中的《登鹳雀楼》："白日依山尽，黄河入海流。欲穷千里目，更上一层楼。"

　　旧时的鹳雀楼早已消失近八百年，旧址也不知具体位于何处。或许是王之涣的《登鹳雀楼》已深入人心、家喻户晓，不建一座鹳雀楼让人备感惋惜，于是，共计六层的新鹳雀楼在二十多年前建起来了，供今人发思古之幽情。现在的鹳雀楼并无鹳雀，只见"啾啾"叫的众多麻雀与活泼机灵的少量飞燕。

一楼看不见黄河，登上六楼极目西望，可见一条白带子般的黄河。

　　新鹳雀楼位于黄河之东，由新鹳雀楼往西走约一公里为蒲州渡口旧址，旧址下插有一根水位尺，水位尺往西、北与南是一望无际的庄稼地。据司机讲，黄河东边是山西，黄河西边是陕西；大约1987年时，蒲州渡口旧址水位尺之西都是黄河水，后来河水西移；大约1995年左右，他还经蒲州渡口旧址搭乘朋友的大货车登上轮船渡过黄河去陕西购物；现在，蒲州渡口旧址以西都种上庄稼，眯着眼睛越过庄稼地远望，才能看到远处的隐隐约约的黄河；"三十年河东，三十年河西"，黄河水三十年前靠着蒲州渡口旧址，后来西移，蒲州渡口因此无渡，成为旧址。

同游记 *tongyouji*

火焰山

八月四日

本想去乌鲁木齐，但脑子突来闪念，遂于吐鲁番北站下动车，直赴火焰山。

到达火焰山时已是 20 点 10 分，太阳仍挂在天上。

火焰山如弧形，山不高，远看如有一条条凸物嵌于山体，近看却都为泥土。山上无草无木，光秃秃的。立于山脚下，热气从裤脚往身上涌。如是石头山，太阳狂照，热浪逼人，亦不奇怪，但此为泥土山，为何有如此之温度？"锄禾日当午，汗滴禾下土"，如太阳当空照，火焰山应煞是壮观。先前曾问司机，火焰山能爬上去否？司机说不能。我当时琢磨是火焰山温度高的缘故。走到近山处，见有警示标志，方知为避免意外事故，

同游记 tongyouji

管理部门禁止爬山。内心里,我仍是想爬爬火焰山的,想看看火焰山的山顶到底热到什么程度,况且,我认为如立于山顶上俯视四周,该会有很好的感受。

司机说:今日火焰山最高温为75摄氏度,吐鲁番最高温为49摄氏度。

我问:冬天的火焰山是什么样子?

司机答:又冷又生硬,有风。

21点15分,太阳落在地平线上。

《西游记》有孙悟空向铁扇公主借芭蕉扇的故事,亦有本地老者陈述火焰山之情景:"无春无秋,四季皆热。""有八百里火焰,四周围寸草不生。"看起来,前一句完全不实,火焰山也是有春夏秋冬、寒暑冷热的;后一句半真半假,"八百里火焰"那是没有的事儿,"四周围寸草不生"也许有。

141

博斯腾湖 八月六日

这边是沙漠,那边是湖泊,湖泊之上是蓝天。

博斯腾湖够大,一望无际,据说其为我国最大的内陆淡水湖。在内陆有一湖泊,感觉不易。于沙漠之际有一个大湖泊,弥足珍贵。下湖游了一会儿泳,很是凉爽,可惜已习惯戴游泳镜游泳,而不戴游泳镜下水,眼睛难睁。

博斯腾湖设有几个景区，我游泳的地方为白鹭洲景区。此景区见有白色水鸟，该为白鹭吧。

博斯腾湖似无绕湖公路，因为我曾叫司机拉我绕湖转一圈，司机却说不行，说没有路并且有的地方很难走。

曾经看过有关贝加尔湖的信息，说该湖最深达1637米；说该湖水质好，透明度深达40.5米，被誉为"西伯利亚的明眸"，很想夏季去看看。

博斯腾湖古称"西海"。

贝加尔湖中国古称"北海"。

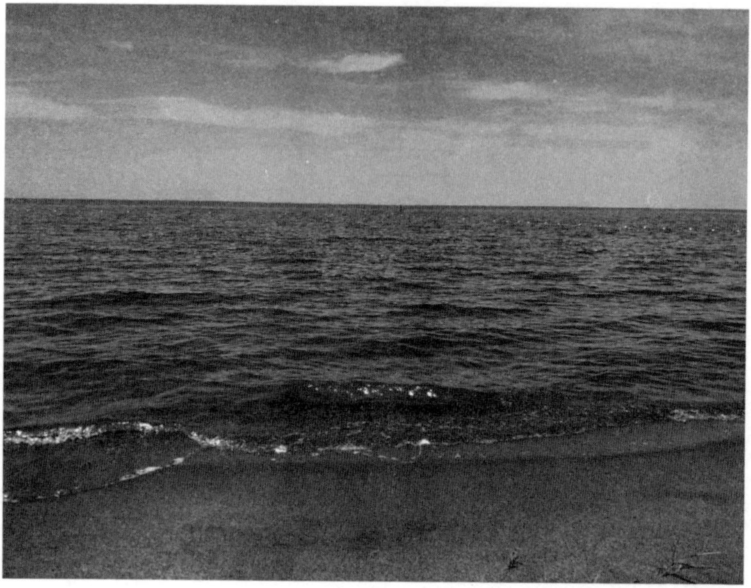

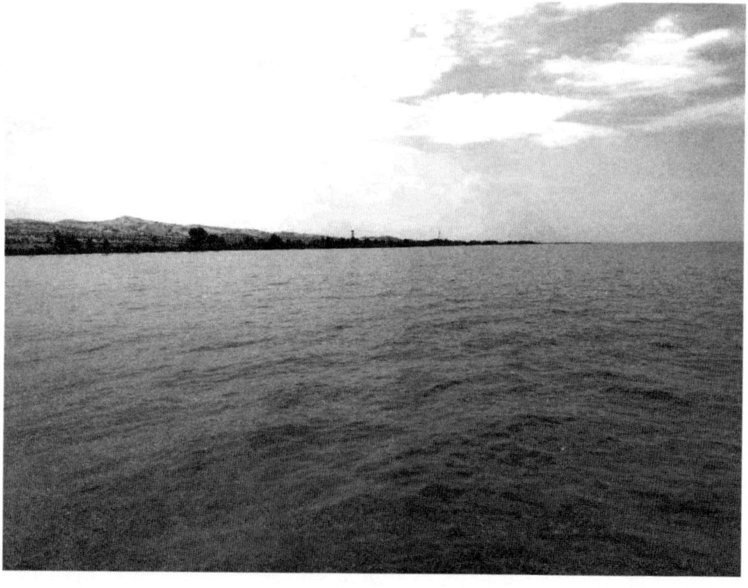

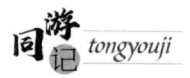

塔里木河

八月七日

去罗布人村寨景区，目标不在于罗布人村寨，不在于胡杨林，不在于塔克拉玛干沙漠，而在于塔里木河。

塔里木河是一条河，是我国最大的内陆河，是我国最长的内陆河。沿塔里木河左岸逆流而上，左边不远处为塔克拉玛干沙漠。塔里木河河水浑浊，水流湍急，时有漩涡，不知把我投入河中，我能否游到对岸。河岸有一片沙土，我踏着沙土过去试图接近河水看看，突然一只脚深陷沙中，我急忙抽出脚来，足印处已冒出水。往上游走，突然听见河中有"啪啪"声，回头看，我以为是鱼跃出水面发出的声音，再仔细看，原来是那片沙土被河水冲刷而有沙土掉落水中。继续往上游走，又听见"啪啪"声，竖起耳朵，看到河对岸有沙土掉落水中。又往上游走，有一支小水流流往左边，左边形成一个池塘，阻住了我的前路。我拾起一棵树下的一段枯木，试探一下，发现小水流并不深，遂倚住枯木跳跃而过。再往上游走，有树与草，但不知将来某一天，塔克拉玛干沙漠的沙会不会将塔里木河河岸边的树与草埋没，然后再把塔里木河填平。

从上游返回时，碰到一个显非游人的男子，我指着塔里木河问：水深吗？

答：两三米吧。

问：塔里木河什么时候河水最大？

答：也就是八月份。

问：河水会干涸吗？

答：四五月份会干，能看见底。

问：冬季不干吗？

答：不干。

问：为什么冬季不干，而四五月份干？

答：……

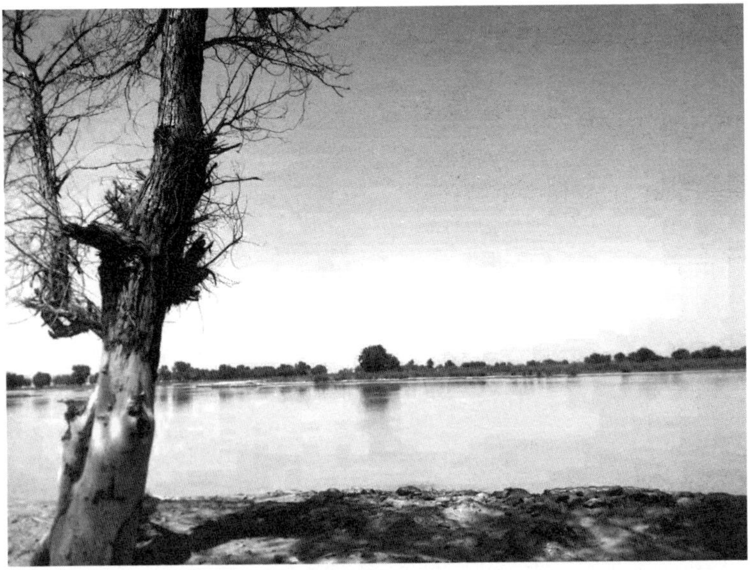

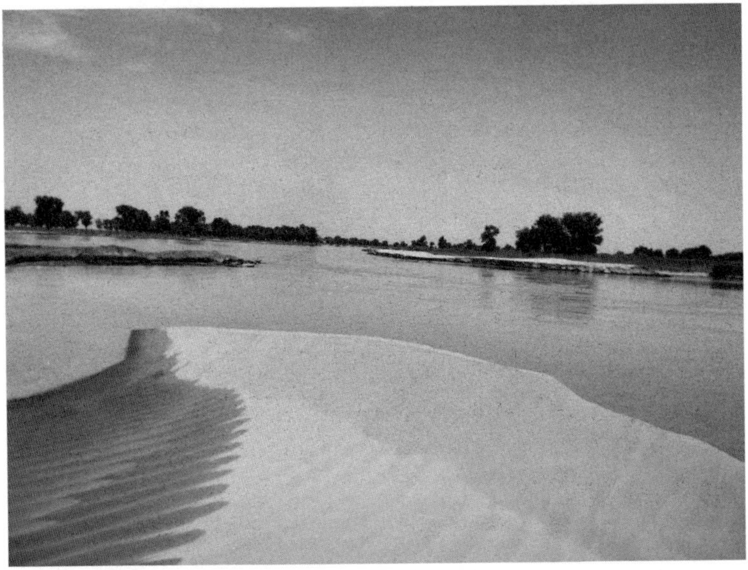

同游记 tongyouji

澜沧江

八月十一日

到景洪，往一座桥下去，想看看澜沧江。

澜沧江的江水很小，江底有三分之二干涸，有三分之一流着水，但看样子流水还蛮急。

我问司机，人家在哪里游泳？司机说游泳的地方在澜沧江的老桥附近。我想，游泳的地方在老桥，想必这座桥就是新桥吧。听司机说老桥离此桥还远，于是我没去。

我问司机，江水怎么那么小？司机说游泳的地方也就是上游有一个水电站，上游蓄水，所以下游江水小。

我问司机，江水什么时候比较大一点？司机说澜沧江通常三、四月份水小，八、九月份水大，每年江底都是不干涸的，都是水，但今年有点特别。

在江里捧了把江水，洗了把手，我算是亲近过澜沧江了。

说到澜沧江，就想到云南，就想到其流经的东南亚，就想到少数民族风情，甚至会想到武侠小说《天龙八部》中的段誉。

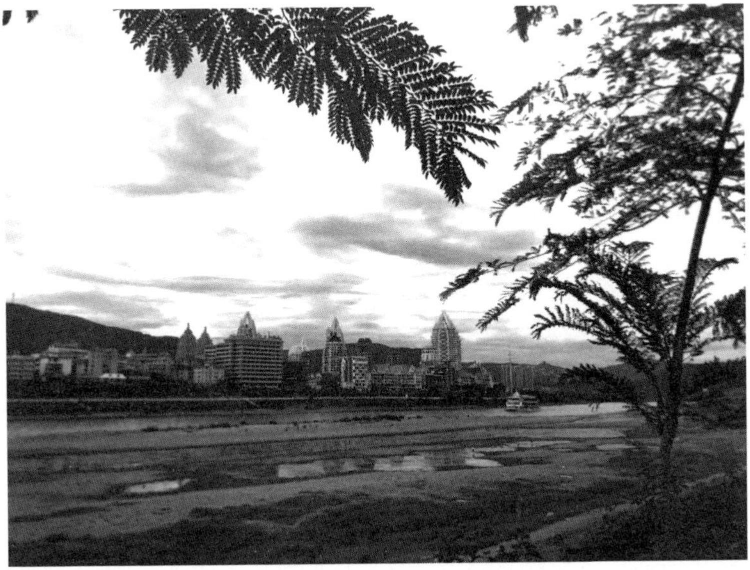

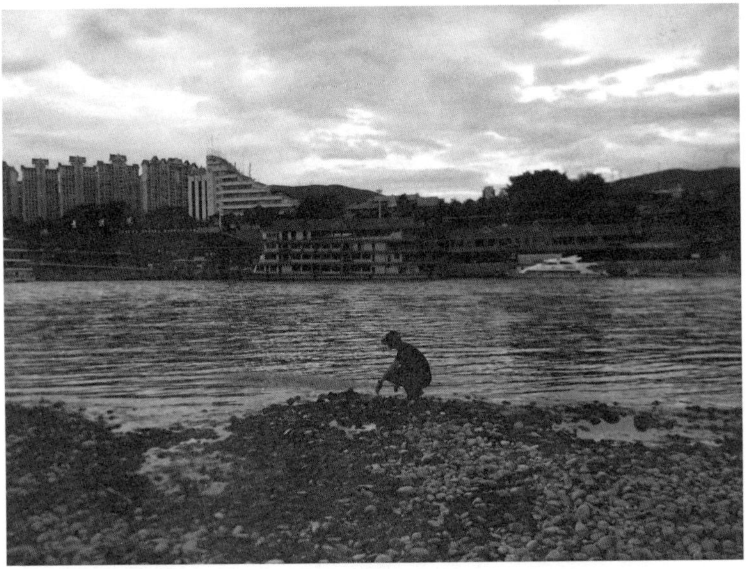

望天树景区

八月十二日

从景洪市到勐腊县城，沿路都是树木，那是树木的世界，无一山无树。

树木多，居然可以开辟为景区，望天树景区就是一个观看树木的景区。

进入景区往左拐，小径所至，郁郁葱葱。有的树很大，感觉双手都环抱不过来。有的树很高，抬头向上，伸长脖子，难见其顶，难见其末端，真犹如望天，想来望天树景区就是因此而得名。有的树凸横于小径上，像个半弓。太阳照射于茂密的丛林间，仰头望望，那是一束光，那是一个左右射的白球，颇为刺眼。有如此阳光，树木更得强劲生长，你追我赶。丛林中有小溪，有潺潺流水，有鸣叫不断的蝉。

望天树景区有悬于树与树之间的高空吊桥，谓之"空中走廊"。行走于"空中走廊"上,可以观看树木的世界。

有说我国有热带雨林,有说我国被世界公认的热带雨林在西双版纳。望天树景区位于勐腊县境内,查看了一下,其地处北纬21°08'至22°25'之间。

同游记 *tongyouji*

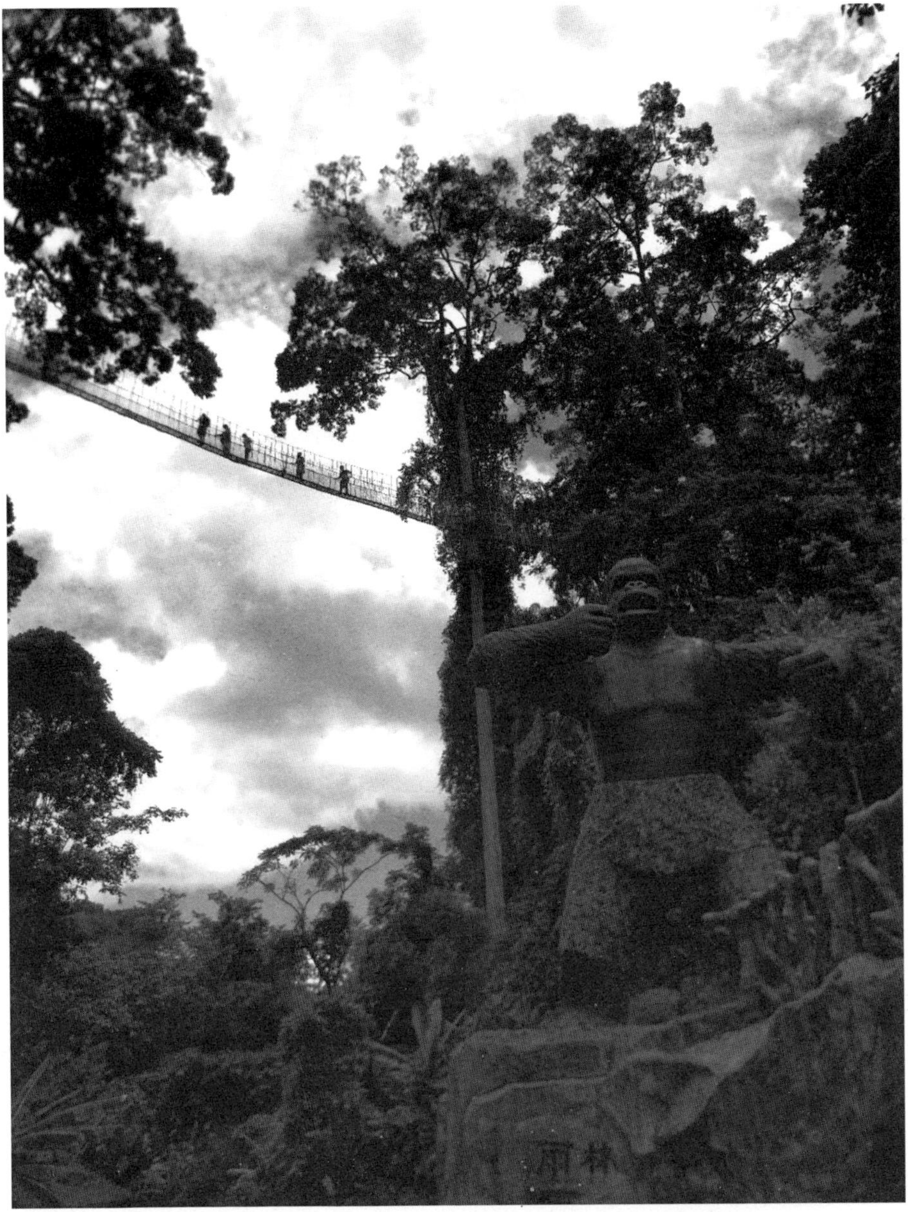

总佛寺

八月十三日

今日才得知"西双版纳"的意思。"西双"为十二,"版纳"为旧行政区划单位,"西双版纳"即十二个版纳,即十二个旧行政区划单位。

以前学地理就知道西双版纳，就知道景洪。西双版纳傣族自治州现有三个"版纳"，即州政府所在地版纳景洪、版纳勐腊与版纳勐海，即景洪市、勐腊县、勐海县。

西双版纳似乎是一个比丽江、大理更能吸引我的地方。

本想在景洪游览两个寺即总佛寺与大佛寺，但游览了总佛寺，进入到隔壁的曼听御花园走走，走到御象文化园处，坐着就想打瞌睡，于是就睡在供人观看大象表演的长凳上。出来时碰上一场中雨，因此没有了去大佛寺的兴趣。

总佛寺金碧辉煌，没有和尚，只有游人。不少人进寺庙总要烧香，跪跪拜拜，许许愿，总佛寺这里也不例外。我进寺庙，既不烧香，也不跪拜，更不许什么愿，但我可能比不少人更喜欢进寺庙走走，无论是破庙还是不破的庙，当然，无论进哪个寺庙，我觉得自己都会仅进一次，不会有进第二次的兴趣。

"御"字，顾名思义，与"王"家有关，曼听御花园为古代傣王的花园。御花园有白塔，有池塘，有桥，有亭，花草树木齐全。西双版纳"西汉属哀牢部。东汉属鸠僚部。三国蜀汉属永昌郡。东晋属宁州郡。隋属仆部地"，中原王朝的统治很早就扩展到这里了。

同游记 *tongyouji*

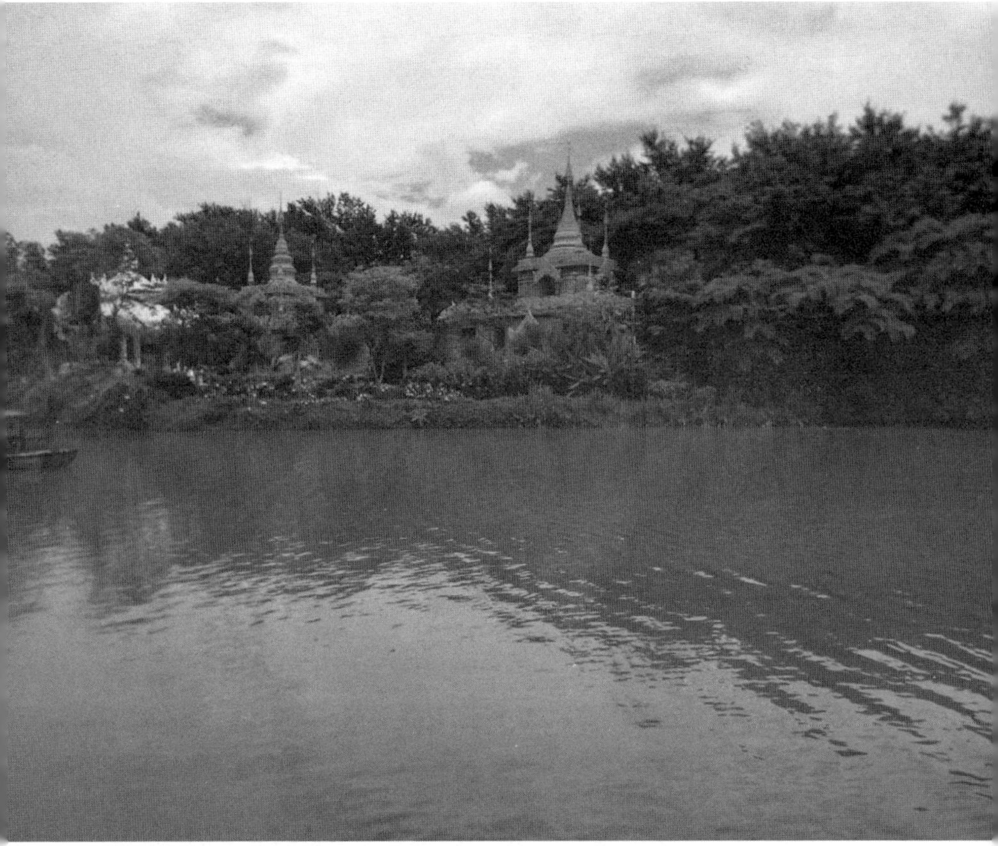

魔鬼城

八月十六日

深入一望无际的荒漠许久,到了哈密的魔鬼城。

在平坦的荒漠上凸起一座座形状怪异的土堆,确实让人感到诧异。这些形状怪异的土堆是怎么形成的呢?猜不出。仅看一座土堆,也许感觉没什么,但如果整体观望土堆,这就像个迷城。或许当夜幕降临时,人会生出恐惧感。昨天晚上,坐老火车从焉耆来哈密的途中,在途经吐鲁番之前,老火车硬生生地停了几小时,据说那是因为风太大,逼停了老火车。不知道傍晚的魔鬼城会不会狂风大作、飞沙走石。曾设想攀爬到魔鬼城的最高处,由上俯视,体验观望整个魔鬼城的感觉,但终究不能。也想走遍魔鬼城的每个角落仔细看看,但想到顺路捎我来的是两个陌生的司机,路上听他们说普通话感觉比较吃力,双方没有多少交流,不知道他们的底细,有一种不安感,再加上我以为另外还有更精彩的地方可看，因此，只在魔鬼城逗留一会儿便走了，有些遗憾。

走出荒漠，回来的路上，常见路边一棵棵红枣树，挂着一个个的大枣，也常见葡萄园，葡萄藤上缀满一片片的葡萄叶。上次去吐鲁番游火焰山匆匆忙忙，没有吃上吐鲁番的葡萄，今日到哈密，司机找了一家农户，我们直接走进农户的葡萄园买葡萄。说起哈密，就不能不说哈密瓜；到了哈密，该吃吃哈密瓜。感觉吐鲁番与哈密都是酷热的地方，到这两地，得多喝水，多吃瓜果，否则口干。

同游记 *tongyouji*

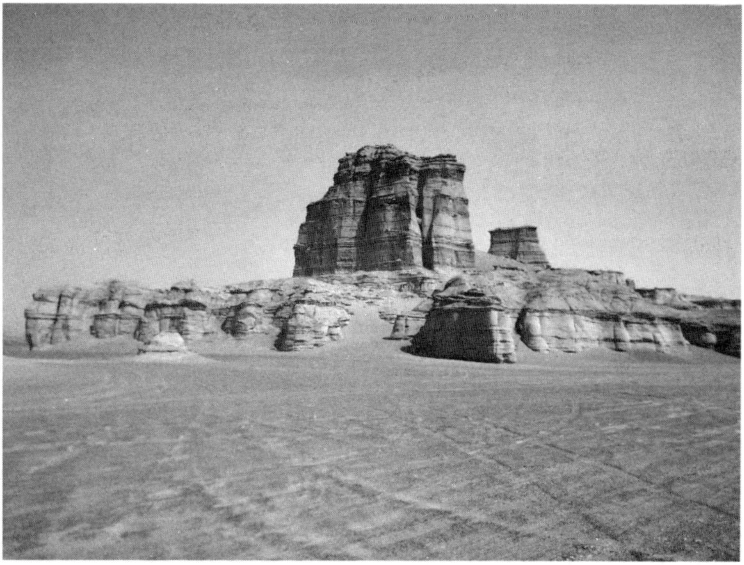

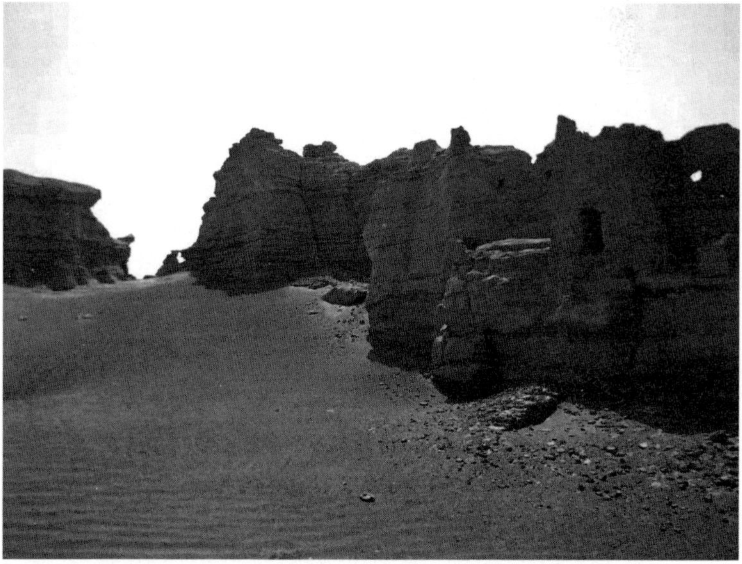

布达拉宫

九月二十六日

　　西宁飞拉萨，似是"低"空飞行。在飞机上一路可俯见山，众多的山，山兄山弟，无穷无尽。从飞机上看，觉得这些山并不是很大，也不是很高，也分不清哪座山高、哪座山不高，也许，顶上有积雪的山比较高。

　　西藏的天是蓝天，云是白云。

　　除顶部中央呈红色的红宫之外，布达拉宫表层似抹上白石灰，矗立于蓝天白云下，看起来很古老，尽显历史沧桑感。"远看山有色"，远看布达拉宫很有色，走近看也有色。近看布达拉宫，觉得其窗子布置别具风格，而其表层涂抹的红石灰或白石灰略显粗糙。

　　布达拉宫内部到处都是房间，大大小小的房间，分不清往哪个方向走的房间。房间内的材料与设备显得陈旧、厚重，但雍容华贵，佛教色彩极为浓烈。

站立于布达拉宫上，可俯瞰拉萨市区。

拉萨河流经拉萨市，水流湍急，河水冰凉。

同游记 *tongyouji*

雅鲁藏布江

九月二十七日

看地图，西藏有很多"措"。"措"就是湖，我是把它当作湖的同义语。

羊卓雍措，为高山上的湖泊。这湖的湖水呈蓝色，没有碧波，看起来很是静谧，与世无争。湖周围都是山，山上似铺上一层草坪，让人想起英超联赛绿茵场的画面，又让人想起电脑屏幕上蓝天草原的画面，这草坪为这湖增色。极目远眺，在湖右拐弯去向的上边，看见一座座山，山上有白色的积雪，积雪之上是白云，雪云相混……心向往之！

从羊卓雍措回来的路上，看看雅鲁藏布江。雅鲁藏布江很大，水流很急，江水冰冷。江这面是山，江对面也是山。江中心看起来有个沙洲，沙洲上长有许多低矮的小树，在阳光照耀下，别具特色……能到江中心看看就好了！

我问司机：可以下雅鲁藏布江游泳吗？

司机答：不能的，这是冰水，很冰冷的，你下水不到五分钟就会抽筋。

我想：我游泳那么多年，还没抽过筋呢。

汽车沿着雅鲁藏布江的江边公路跑，看看江水，看看江里沙洲上的小树，看看江对面的高山以及高山上的蓝天白云，我觉得雅鲁藏布江比羊卓雍措还耐看。

我问司机：能不能沿着雅鲁藏布江的江边一路走下去，一直走到印度去？

司机答：不能。

我问：有没有游船在雅鲁藏布江里行驶？

司机答：没有，很危险的。

沿着雅鲁藏布江走走，可能不错。

从羊卓雍措返回来的半山腰上，看到两个外国人骑自行车上山，他们应该是去羊卓雍措。七拐八弯，路程可不短，这两个外国人还蛮让人佩服。

同游记 *tongyouji*

通道会议旧址

十月十七日

通道当年的县城在县溪镇，通道会议在县溪镇的恭城书院召开。

恭城书院位于罗蒙山下,据说始建于宋代,原称罗蒙书院,后被大火烧毁;清代乾隆时于旧址重建,更为现名。恭城书院前有"通道转兵会议会址"的牌匾,后接学校,右为"通道转兵纪念馆"。

关于恭城书院,据载:"民国十年(1921年),通道一位名叫翁信浮的县长在书院前厅立柱上刻下一副对联,上联是'小学毕业的一定要升中学,中学毕业的一定要上大学',下联为'家境富裕的固然要升学,家境贫困的也要想方设法升学'。"这位县长不简单,我认为他的想法是对的,至今仍没有过时,并且,我为他补一句:能读到硕士就不要光读到本科,能读到博士就不要仅读到硕士。这补的一句是我近年来的想法。

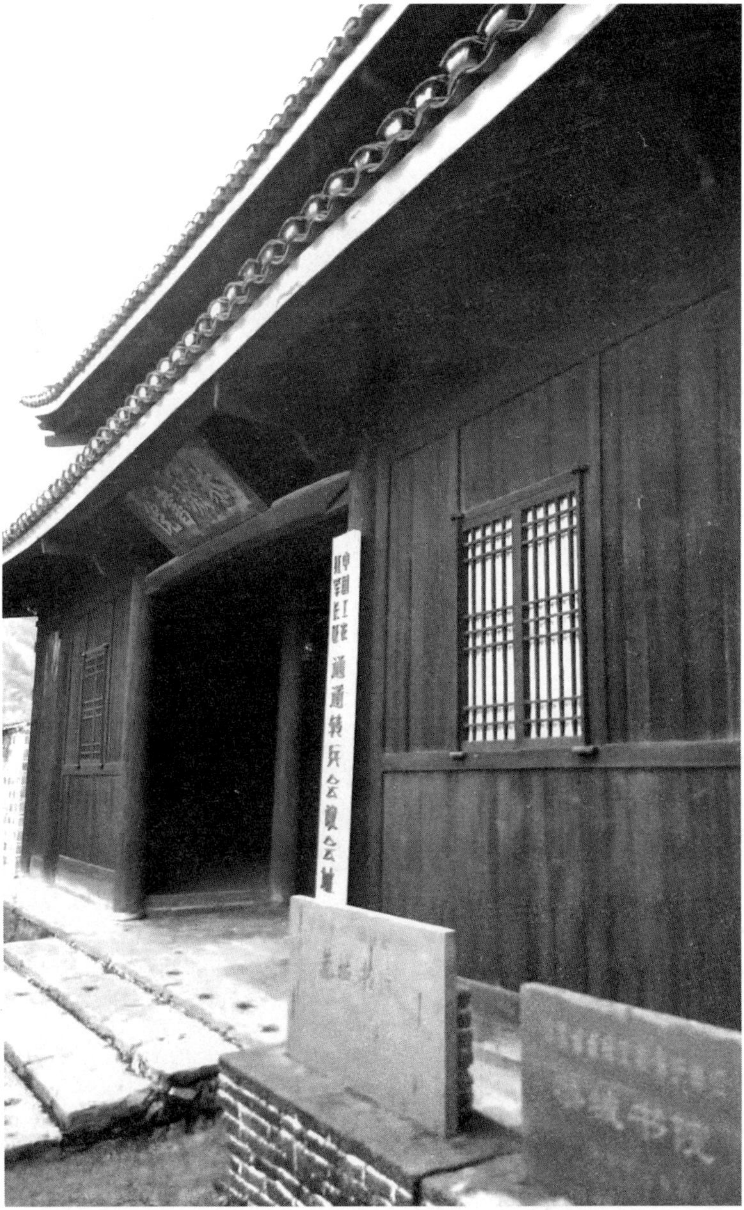
中国工农红军
通道转兵会议会址

同游记 tongyouji

崖山

十月十九日

　　宋元崖门海战文化旅游区其实就是崖山祠与三层楼高的望崖楼，其中崖山祠包括慈元庙、大忠祠、义士祠。慈元庙有杨太后指教少帝之像；大忠祠有文天祥、张世杰、陆秀夫之像；义士祠用以纪念抗元众义士。

　　北宋的宋徽宗、宋钦宗被金人掳掠而去，一个封昏德公，另一个封重昏侯。两昏人被封得恰如其分，引不起人同情，只被笑自取其辱，且殃及国人。

　　南宋的宋理宗与宋度宗亦任用奸臣，幸好死得早，如再晚死又是一对徽、钦宗。面对忽必烈，南宋国势微弱，不灭亡才是怪事。宋恭帝、宋端宗、少帝几个小儿翻不起什么浪，文天祥、张世杰、陆秀夫无回天之力。

　　文天祥留取丹心照汗青，可佩；张世杰溺亡，可叹；陆秀

同游记 *tongyouji*

夫负少帝投海，感觉最为悲壮。每当看到陆秀夫这个名字，眼前都会浮现出一大人背负一小孩从崖上跳入海中的不屈情景。中国历史上，奸臣固然多，烈士亦不少。

鸟的天堂

十月十九日

多年前读过巴金的文章《鸟的天堂》,现在已全然不记得了。

今天 15 点左右,也去看看鸟的天堂。登上小船,坐在船尾,出发了。看那河水,觉得很浑,有点脏。船在河里行驶,划出一道道的波纹。河的两岸都是树。随着船的行驶,看见河里有一些小墩,小墩上长满了树,密密麻麻的树,都是细枝小叶的树,但没看见小鸟。终于,有人说:那里有一只小鸟。一会儿,又有人说:那里也有一只。接着又陆续看见几只孤零零的小鸟,有羽毛雪白的,还有灰颜色以及其他颜色的。忽然听有人说:

那里有一只,好肥啊。我顺着他的眼光看过去,果然看见一只很肥的鸟,白色的羽毛,站立在一片低矮的小树旁。那鸟儿看见我们,也不惊惧。船绕河一圈,返回时又看见一些小鸟,这些小鸟或两三只或四五只,凑在一起。奇怪的是,几乎都没有听见这些小鸟的鸣叫声:也许是天太热了的缘故吧。

上岸后,我想:这么几只鸟,这儿也能称为鸟的天堂?也许巴金到访时这儿是鸟的天堂,而几十年后的现在已不再是,也许是到了傍晚百鸟才归林。

晚上,找出《鸟的天堂》来看,发现巴金几十年前在傍晚找鸟却找不到,他是早晨才找到鸟,才到处听到鸟叫,到处看到鸟影。

同游记 *tongyouji*

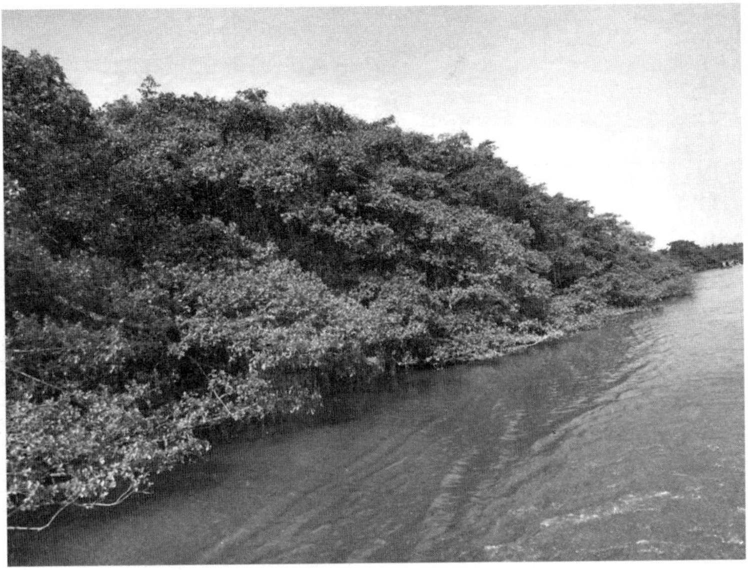

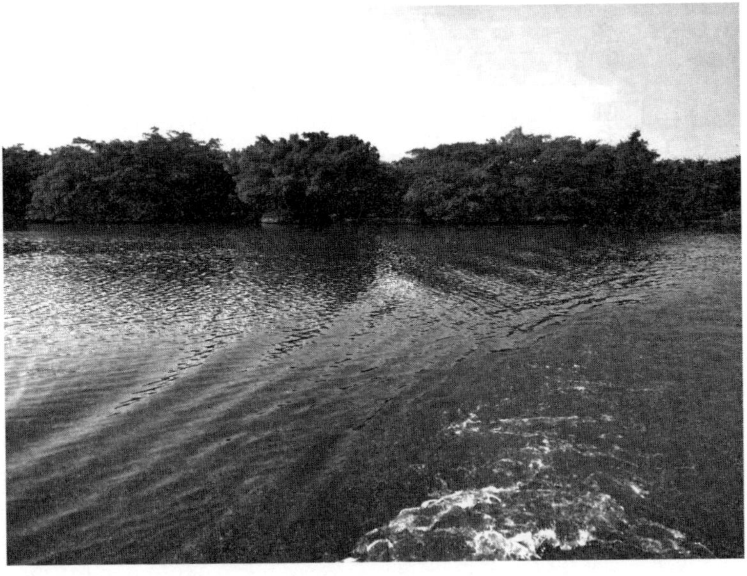

七个星佛寺遗址

十月二十七日

  1700年前的佛殿，92间房，2000个僧人，卖门票兼开车送游客到七个星佛寺遗址的老大妈如是说。我问，你怎么知道？老大妈说她也不懂，她是听导游说的。

  两个寺，一个是南大寺，另一个是北大寺。

  南大寺有一棚盖，说是用于保护其下的佛殿的几堵墙；南大寺另有一玻璃墙，围住几堵墙，墙里有一泥像，只是这泥像的臀部以上的身子都不见了。整个遗址只有这两个地方被采取特别保护措施，想是这里应该不少于1700年吧。1700年前约是中原的东晋王朝，西域的焉耆不知是什么小国。

  北大寺的老墙比南大寺的多，但没见采取什么特别保护措施，也许它们的价值比不上南大寺的那几堵墙与那半座泥像。

  以前的寺庙建在这个名叫七个星的特色小镇上，小国国王的城市也应该就在附近吧,寺庙可能离城市不会很远。

当年西域佛教盛行,三十年河东,三十年河西,白云千载空悠悠,于今,空留此地任凭吊。

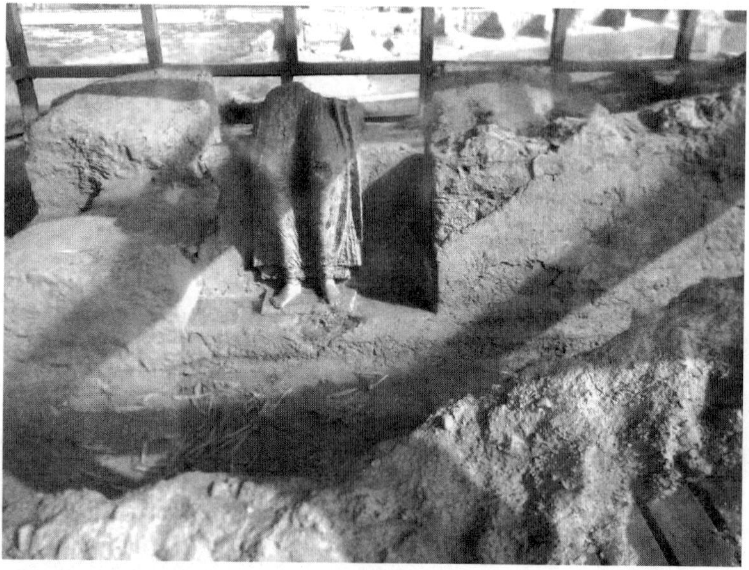

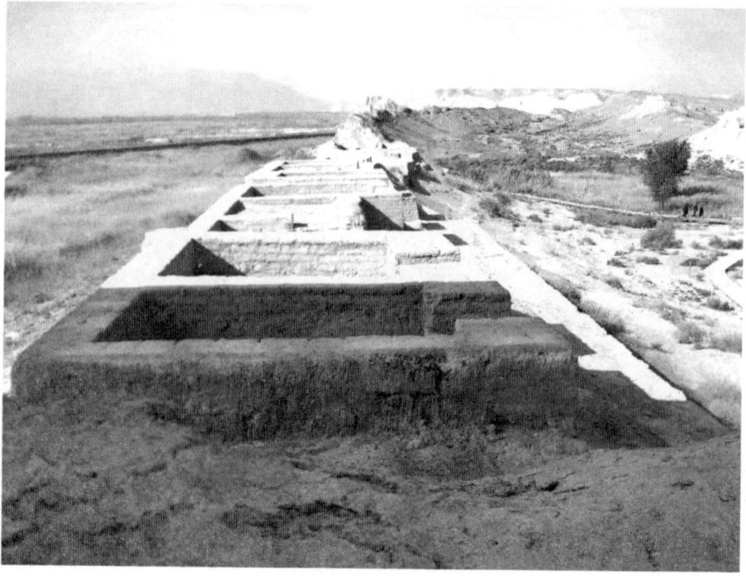

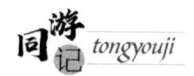

呼伦湖

十一月三日

    满洲里的国门与二连浩特的国门，没多少区别；国门那边的俄罗斯与蒙古，也没多少区别。以前上二连浩特，值勤的是军人，而现在来的满洲里，值勤的为警察（以前是军人，现在是警察，我才想起边防体制已改革）；蒙古与俄罗斯那边，都只有稀稀疏疏的房屋。

    司机讲，俄罗斯人来这边买东西，拿回他们那边卖，并指指点点说：你看，路边那些不一样的车牌就是俄罗斯的。还指着几拨行人道：那就是俄罗斯人。

    觉得自己还蛮爱好历史与地理的，但以前我误以为满洲里是东北的，也误以为它是一个地级市。这次过来前查询了地图与相关资料，才知道满洲里是内蒙古的，是呼伦贝尔市的。司机说满洲里是副厅级的市，还管着"扎区"（扎赉诺尔区）。

我要去呼伦湖看看。

沿着草原上的公路跑，司机说：这些牧民草地少的一家有6千亩，草地多的一家有3万亩。

看到草地上的几群牛羊，司机说：夏天草原都是绿油油的。

呼伦湖挺大，在阳光照耀下，波光粼粼，但湖水看起来都不动，有点脏，有点死气，靠岸边的湖水已有些许碎冰。我洗洗手，感觉湖水冰冷。不知道这湖水从哪里来，湖怎么那么大。

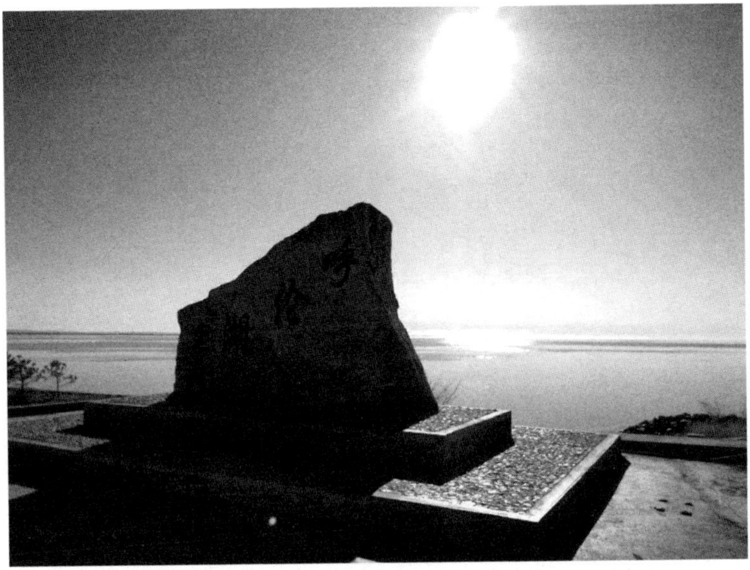

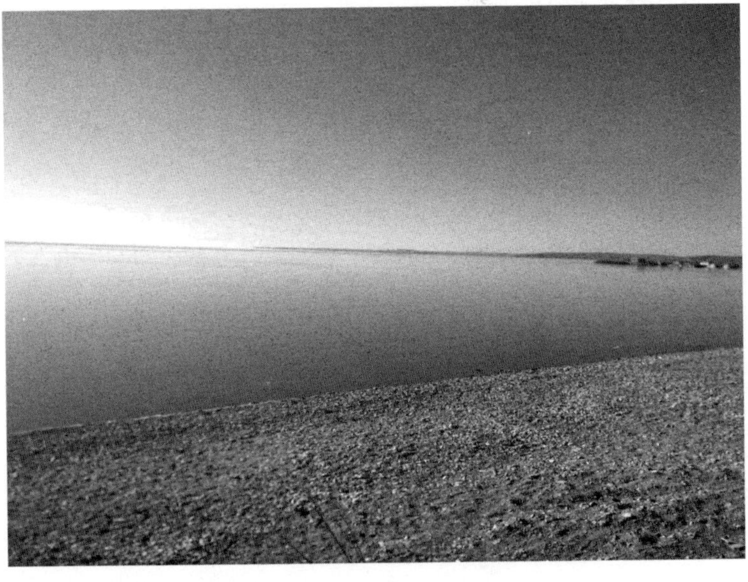

海拉尔河

十一月三日

海拉尔区是呼伦贝尔市的主城区。

扎赉诺尔区位于满洲里市与海拉尔区之间。

从扎赉诺尔西站坐火车到海拉尔站需一小时四十多分钟。到海拉尔之后,对司机说去伊敏河看看。司机拉我到火车站附近的一座桥旁,说这就是伊敏河。看见不少人在桥下的河沿散步。有水流,但水很小;走一段,水似断流,兴趣全无。于是,往成吉思汗广场去看看并吃晚饭。吃完饭,上网查看,得知海拉尔区有两条河,一条是海拉尔河,另一条是伊敏河,伊敏河流入海拉尔河。于是,叫上出租车,去看看海拉尔河。

我问:伊敏河怎么断流了?

司机答:没有啊。

我说:我在火车站附近那座桥下走,看见水很小,有一段河都看不见水。

司机似说：上游有一段堵住了。

我问：伊敏河与海拉尔河是在一桥二桥那里交汇吗？

司机答：是。

司机接着说的似乎为：海拉尔河从东往西流，伊敏河从南往北流，然后交汇，最后流入额尔古纳河。

到一桥处看看，黑灯瞎火的，什么也看不见；到二桥处看看，也是黑乎乎的，睁大眼睛，看见桥下有一条不大但也不小的河，这就是交汇后的海拉尔河？远处有耀眼的灯光，司机说灯光那里是一座塔。

火车站附近那座桥下的河流，我搞不清楚到底是怎么回事，难道伊敏河有分叉？

我说：听说额尔古纳那边有个临江屯很不错。

司机说：那是华俄后裔村，现在是第三第四代了；以前苏联革命时的白俄逃到边境，还有闯关东的山东大汉去边境淘金，他们是中国人与白俄人通婚的后代；他们也说北方话，有的也会说俄语，都是中国籍，但他们长得更像俄罗斯人。

司机说：夏天才是旅游的旺季，那时得提前一个星期订酒店，否则没有酒店；额尔古纳河是中俄的边境河，去那里可以在河里划船。

虽临冬季，但我还是很想去额尔古纳河、室韦、临江屯走走，但已无时间。

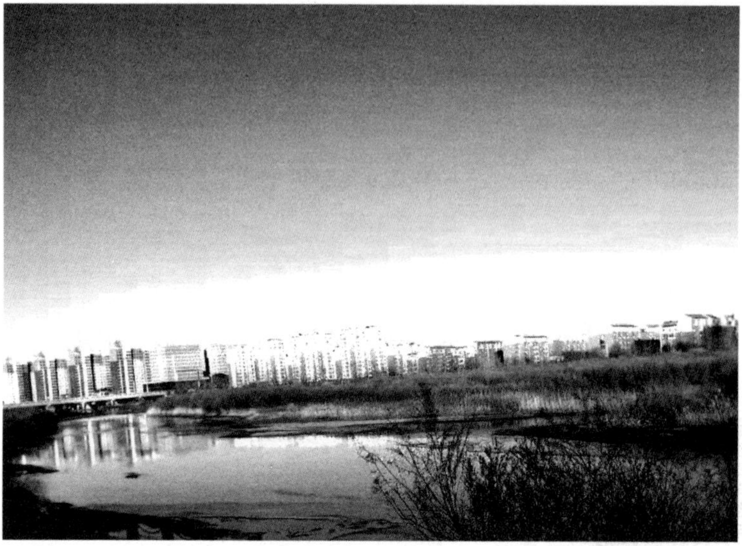

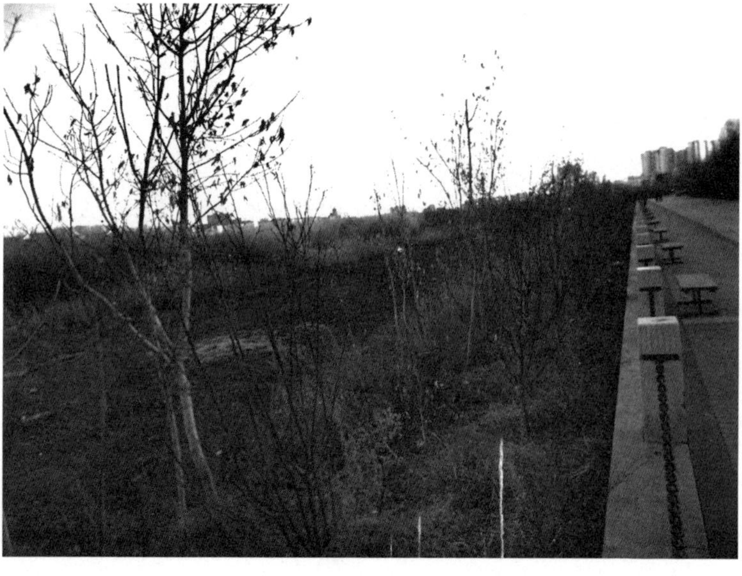

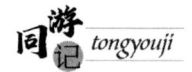

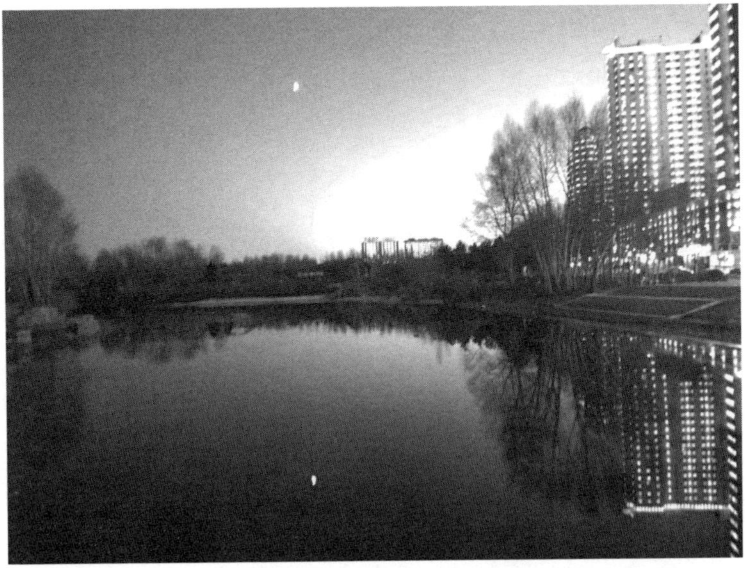

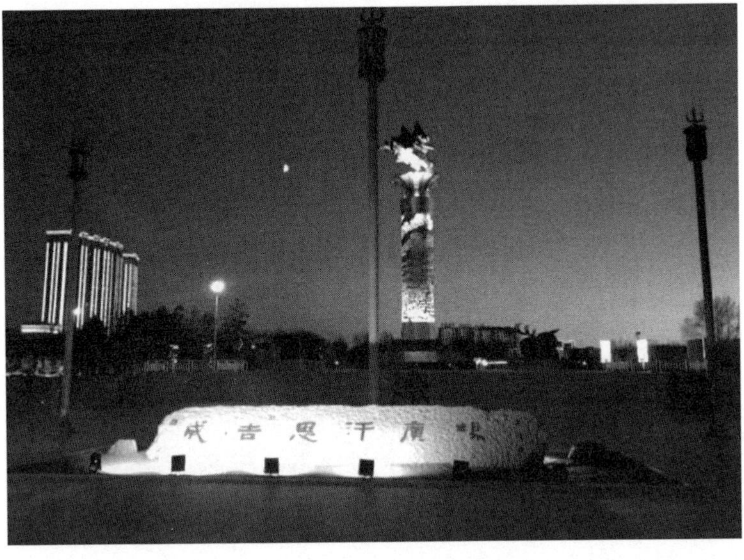
成吉思汗廣

鸭绿江

十一月十六日

太阳从朝鲜升起来。

司机说：很多人只知道鸭绿江断桥叫作鸭绿江断桥，而不知道鸭绿江断桥以前叫作端桥；端桥是日本人建造的，为了能让大船通航，端桥可以开合，当大船行驶于桥下时就将桥分开为两半，当大船驶过之后再将被分开为两半的桥闭合；端桥被炸断之后就成为断桥。不知司机所说是真是假，但断桥上确见有个介绍开闭梁的牌子。沿着断桥从丹东往对面的朝鲜方向走，走到一半桥就没了，只见不远处有几座废弃的桥墩。

一江两岸，差别明显。断桥这边的中国丹东，高楼林立，房子很多，百姓沿江岸游走休闲，而断桥那边的朝鲜新义州，高楼难见，房子很少，看不到人影。

听说鸭绿江属于中朝两国。登上游船，我以为游船会驶近对岸的朝鲜，哪知它只驶到江中心，只在半江里转悠就返回了。

从断桥处沿鸭绿江往上游走，看到有个人在江里游泳，我也下江里游了一会儿泳。我一直认为游泳是能治感冒的，如果鼻塞，游泳之后就好了；如果流鼻涕，游泳之后症状就没了。丹东今日气温为 –1 摄氏度至 9 摄氏度，鸭绿江水够冷，不过我游泳之后没有感冒。

很想去鸭绿江入海口看看，但司机说那距离市区有几十公里，于是没去。从市区坐车沿鸭绿江边的公路往上游跑，经过万里长城的辽东起点虎山长城，一直到古楼子乡，方才返回。鸭绿江上游仍遗留有中国人民志愿军"雄赳赳，气昂昂，跨过鸭绿江"的浮桥残垣。感觉鸭绿江断桥处的江面与南宁邕江一桥处的江面差不多一样宽阔，但其上游有的江面很窄，极像一条河，江水湛蓝。

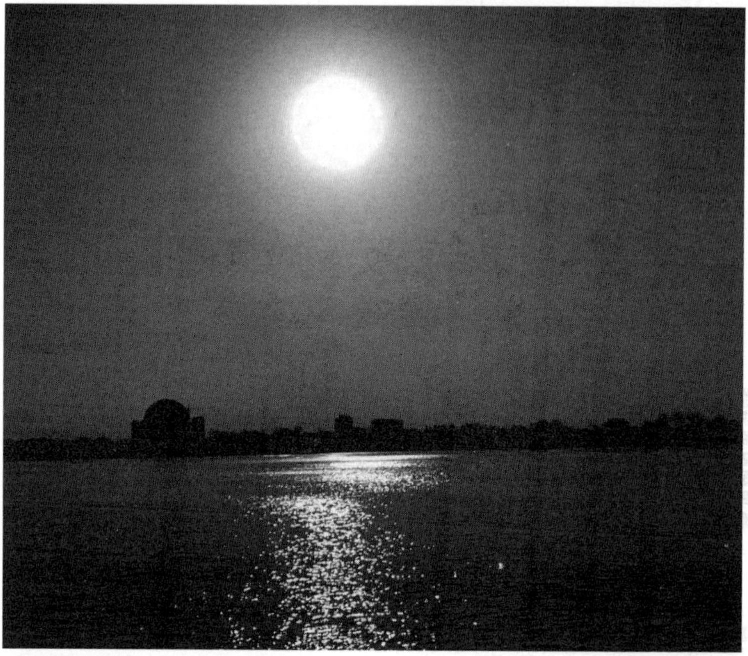

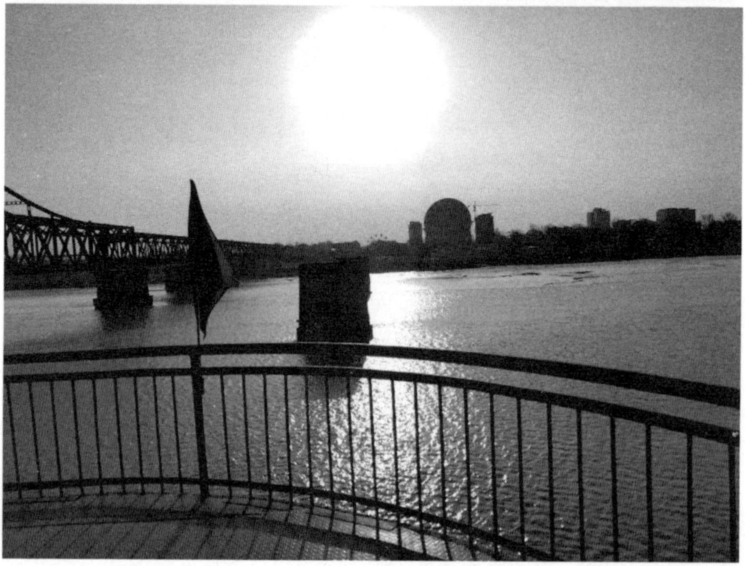

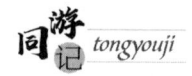

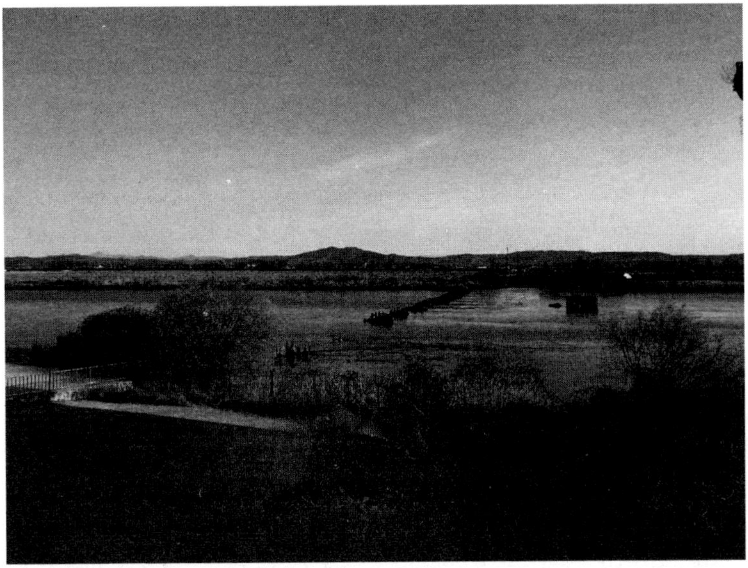

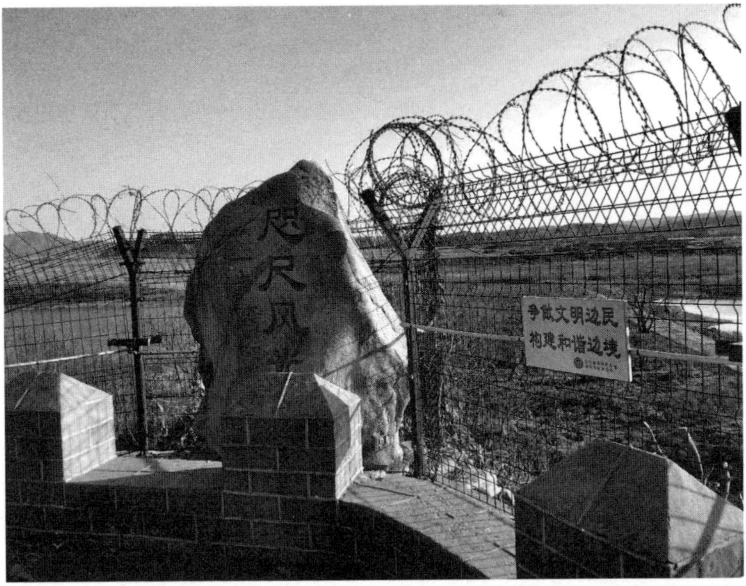
争做文明边民
构建和谐边境